覇者の戦塵1945

戦略爆撃阻止

谷 甲州

Koshu Tani

C★NOVELS

装画　佐藤道明
地図　らいとすたっふ

覇者の戦塵１９４５　戦略爆撃阻止　目次

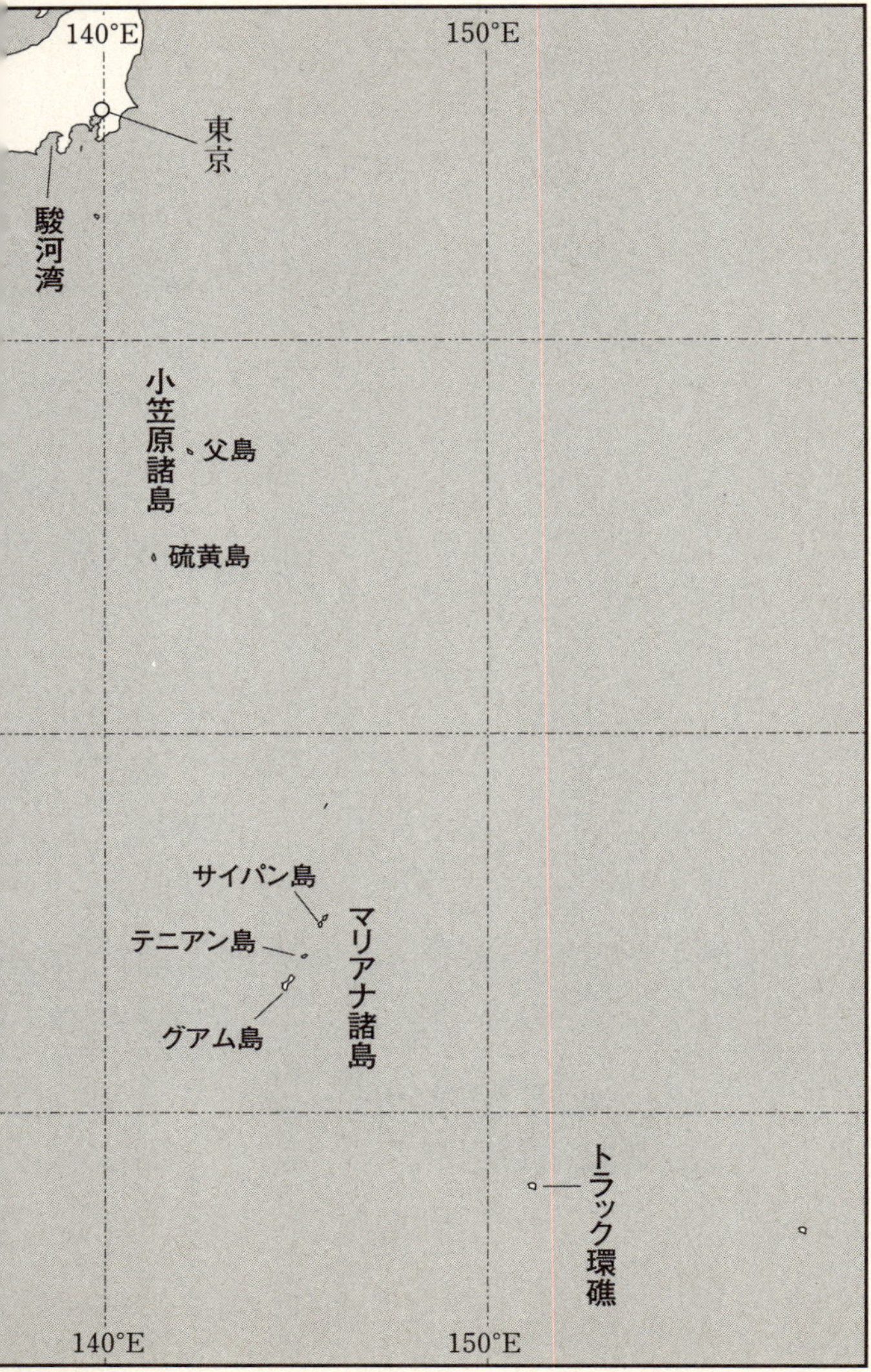

140°E
150°E
東京
駿河湾
小笠原諸島
父島
硫黄島
サイパン島
テニアン島
グアム島
マリアナ諸島
トラック環礁
140°E
150°E

北西部太平洋要図

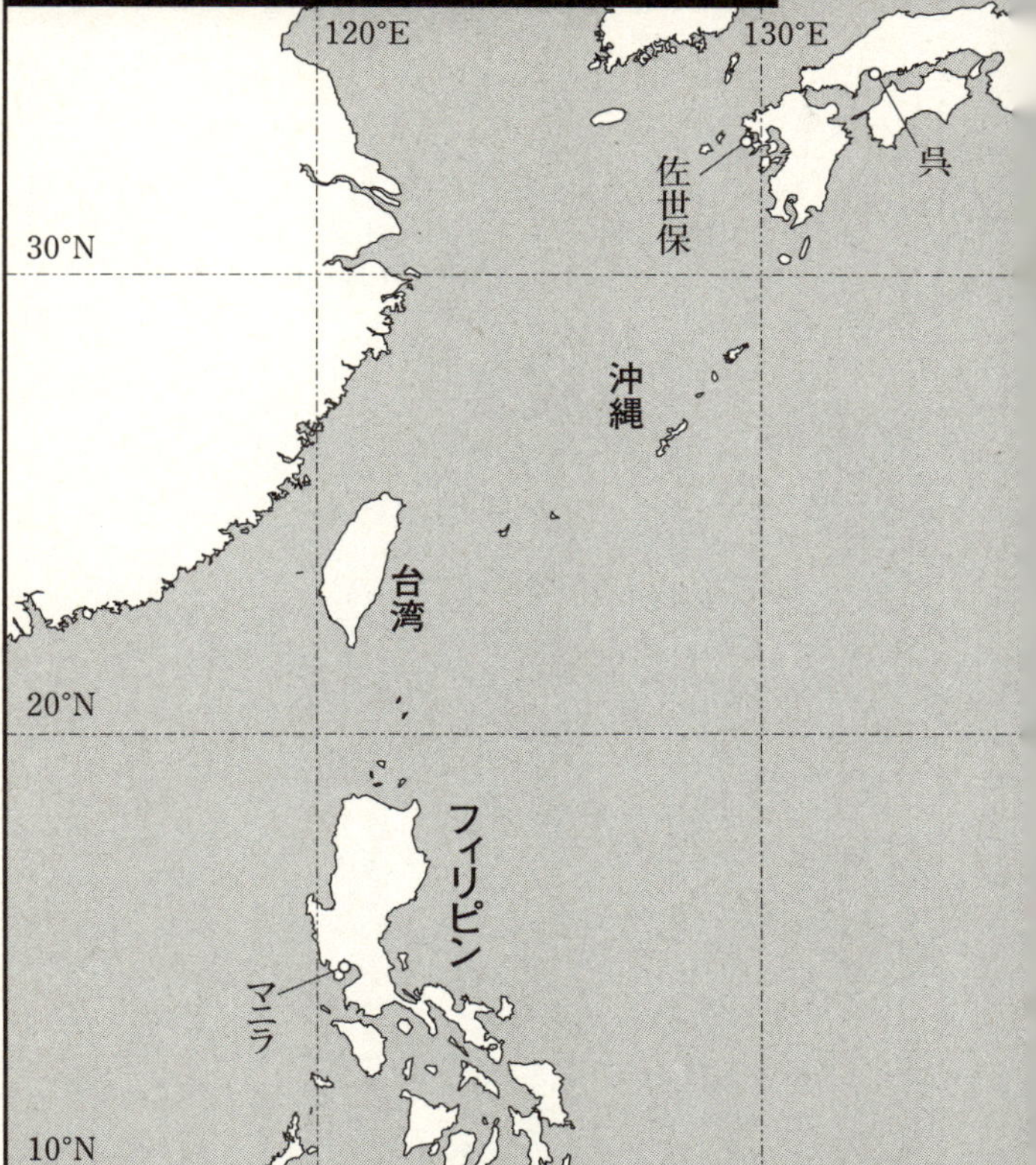

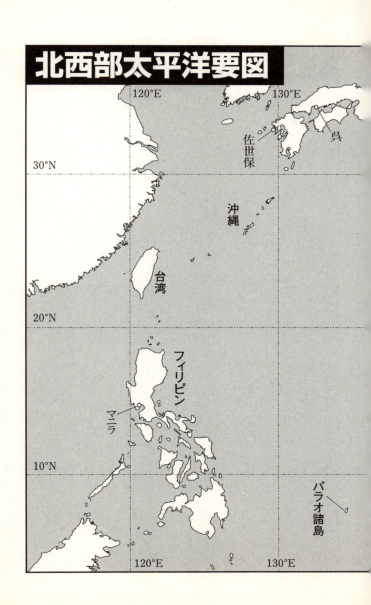

関東地方要図

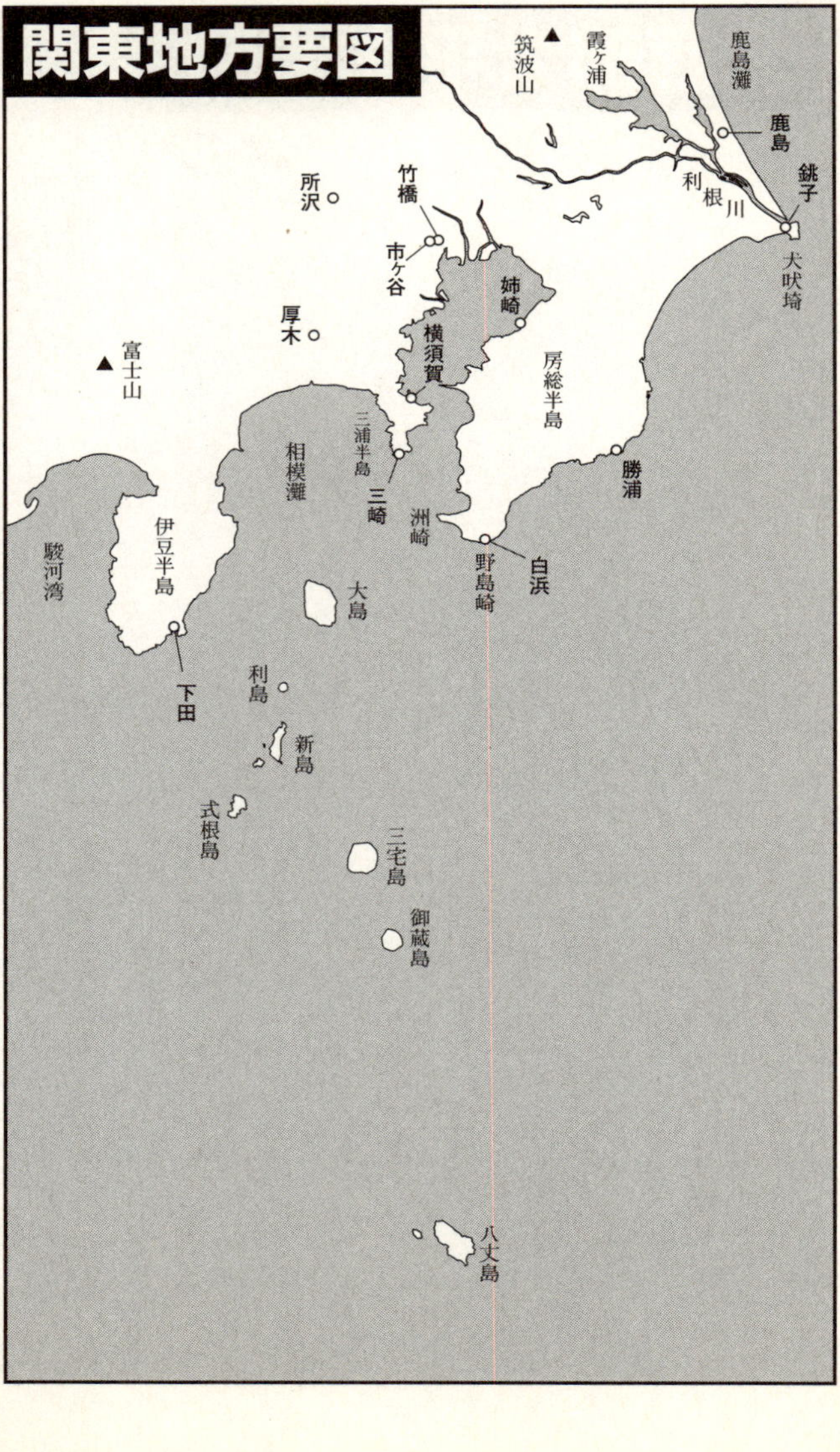

筑波山
霞ヶ浦
鹿島灘
鹿島
銚子
利根川
犬吠埼
所沢
竹橋
市ヶ谷
厚木
姉崎
横須賀
房総半島
富士山
三浦半島
相模灘
三崎
洲崎
勝浦
白浜
野島崎
伊豆半島
駿河湾
大島
下田
利島
新島
式根島
三宅島
御蔵島
八丈島

覇者の戦塵１９４５　戦略爆撃阻止

序章　市ヶ谷台への道

海軍航空隊の厚木基地には、予定より遅れて到着するらしい。

八丈島《はちじょうじま》で海軍航空隊の連絡機に便乗した秋津《あきつ》大佐にとっては、今回の出張ではじめて経験する齟齬《そご》だった。だが昨日からの出来事にくらべると、さして問題にするほどではなかった。航空燃料には余裕がありそうだから、燃料切れで遭難する恐れもない。

最悪の場合は予定をくりあげて帰任することも考えていただけに、拍子抜けするほど順調だったといえる。事前の計画にしたがって、日本軍の防衛拠点を次々と視察してきた。予想外の出来事もあったが、なんとか無事に日程を終えられそうな目処がついた。

だがそれも、八丈島までだった。日程の最終段階になって、齟齬がつづいたのだ。最初は陸軍の傭船だった。八丈島ですべての日程

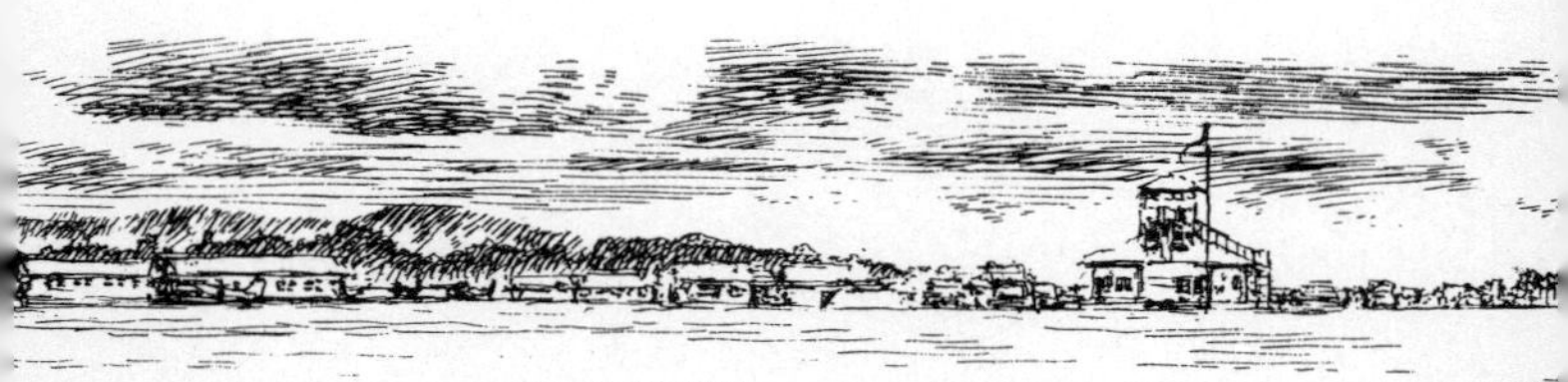

を終えたあと、内地にむかう徴用船を利用して帰任するつもりだった。ところが予定がすぎても、船は港に到着しなかった。

事情はわからない。戦時のことだから、敵潜の雷撃を受けて沈んだ可能性もあった。さもなければ急に予定が変更されて、秋津大佐の存在は無視されたのかもしれない。便乗者がいることは通告しておいたが、秋津大佐の所属先や階級までは明かしていなかった。

秋津大佐の勤務する参謀本部の作戦課は、実質的に帝国陸軍を主導する頭脳集団といえた。その中心人物である秋津大佐の動向は、軍事機密なみの秘匿事項としてあつかわれていた。秋津大佐が北中部太平洋地域を視察していたことは、米軍に知られてはならない。

視察の事実から、日本軍の情勢判断を読み解けるからだ。少なくとも視察が終了するまでは、日本陸軍が積極的な動きをみせることはない。そう公言しているようなものだ。あるいは日本軍は北中部太平洋に、米軍による次の進攻があるとして防備に力を入れている。

だから正体を隠して出張したのだが、それが裏目に出たようだ。無論一日や二日の遅れなら、それほど問題にはならない。予定どお

りに日程を消化できるとは限らないし、予想外の事故が起きる可能性は常についてまわる。

　だが帰任があまり遅れると、不測の事態が発生する可能性があった。内地を離れていた一カ月間は、たえずそのことが気になっていた。杞憂であることは、承知している。冷静に考えれば、一カ月程度の間に現在の内閣が倒されることはなさそうだ。

　そう判断して、長期の出張に踏みきったのだ。その決断は間違っていなかったし、結果的に最善の選択をしたと考えられる。非常にきわどい綱渡りのような一カ月だったが、現在までのところ予想が外れたという情報は入っていなかった。

　しかし秋津大佐の不在時をねらって、現政権に対する圧力が一気に高まる可能性は否定できない。最悪の場合、秋津大佐がひそかに進めてきた和平工作はすべて無効になる。現在の内閣に終戦工作を実施する力はなく、それが可能な次期政権までの繋ぎと考えていた。

　それほど現政権の支持基盤は脆弱で、風向きが変化すれば総辞職に追いこまれかねない。しかも後継首班として、東條《とうじょう》陸軍大将が

息を吹き返す可能性もあった。たとえ他の人物に大命が降下しても、東條前首相の傀儡《かいらい》となるのではないか。

そんなことになれば、参謀本部の人事刷新までが呆気なく崩壊する。秋津大佐らによって参謀本部から放逐され、昨年秋の時点で任をとかれた旧勢力が復活する可能性もある。長年にわたって参謀本部の作戦課に居座っていた各務《かがみ》大佐も、例外ではなかった。

出張前の時点では待命となっていたが、いまごろは予備役に編入されているはずだ。参謀本部の作戦課を追われれば、ただの横暴な元軍人でしかない。その各務大佐までが、参謀本部に復帰するかもしれないのだ。わずかな隙も、みせてはならなかった。

それなら情勢が安定するまで、前線の視察を先送りにするべきではないのか――そのような意見を、口にするものもいた。しかし秋津大佐は、耳を貸そうとしなかった。先のばしにしたところで、状況が好転するとは思えない。

むしろ時間がすぎるほど、東京を離れにくくなるのではないか。それ以上に、前線の実情把握は重要だった。連合軍の動向や自軍の

士気を理解しておかなければ、和平工作など思いもよらない――そんな信念があったものだから、何をいわれても動じなかった。

　秋津大佐を拘束しても計画を中止させると息巻いていた者もいたが、最後には大佐の主張を受けいれた。強硬に反対していたのは、大佐に近い人物が多かったせいだ。結局は秋津大佐に対する信頼が、同意をとりつける格好になった。

　そのような事情があるものだから、八丈島で足踏みをしているわけにはいかない。

　気は焦るのだが、帰任当日になっても徴用船は到着しなかった。不確かな情報を入手したのは、その日の午後だった。徴用船は機関故障が発生して、母港に引き返したというのだ。真偽は確かめようがないとはいえ、待ちつづけても意味はなさそうだ。

　決断するしかなかった。別の手を打つしかないと考えて、海軍基地に足を運んだ。厚木の海軍航空隊基地から、頻繁に連絡機が往復していることは知っていた。厚木基地に常駐する部隊から、分派された夜間戦闘機隊もあった。

こんな事態になるとわかっていたら、最初から海軍航空隊を頼るべきだった。当初の予定にこだわったせいで、丸一日ちかく無駄にしてしまった。その点が悔やまれたが、遅れを取りもどすことはできる。ただし陸軍から、正式な申し入れをしている余裕はない。

海軍部隊の司令部付きとして常駐する陸軍参謀を、巻きこむ気もなかった。陸軍の参謀が関与するのであれば、東京の参謀本部に書類を提出しなければならない。とてもではないが、そんな余裕はなかった。現地部隊との口約束で、片づけられる問題ではないのだ。

航空機による洋上飛行は、常に死と隣りあわせだった。機器のわずかな不具合でも事故死することがあるし、敵襲を受けて戦死する可能性もある。もしも秋津大佐が機上で戦死したら、責任問題に発展しかねなかった。

それを避けるには、連絡機の機長と直談判するしかなさそうだ。あとは厚木に到着するまで、機内に閉じこもってしまえばいい。まるで夜盗か空き巣ねらいだが、成算はあった。ことさら大義を口にする気はない。帰任を遅らせたくない事情を、理解させればいいの

だ。

いずれにしても、事前の準備は欠かせなかった。連絡機の発進地や飛行計画は無理にしても、八丈島に到着する時刻や飛行場は確認しておくべきだ。八丈島には建設途上のものをふくめて、全部で四カ所の飛行場がある。

実際に運用されているのは三カ所だけで、海軍航空隊の基地施設は島の中央部に近い第二飛行場にあった。第一飛行場は規格が古く、地形の制約もあるため低速の旧式機のみが運用できた。新たに建設された第三飛行場は、単発機の離着陸専用とされている。

実質的に第一飛行場は、非常用として使われていた。二カ所の飛行場が爆撃で損傷した場合や、定期的な補修工事の時でも最低限の機能を維持するためだ。さらに二カ所の飛行場は誘導路がつながっているから、掩体や駐機場は共用できた。

第二飛行場の混雑時には、誘導路を伝って第一飛行場の施設を利用していたらしい。したがって長期にわたる整備が必要な機材は、第二飛行場ではなく第一飛行場に移動して作業に着手していたよう

だ。

そういった状況からすると、連絡機が着陸するのは第二飛行場以外に考えられない。というより連絡機が双発の輸送機なら、他に着陸できるところはなかった。無理をすれば他の飛行場でも可能だが、大量の燃料や積荷を搭載して離陸するのは危険きわまりない。

やはり着陸するのは、第二飛行場かと見当をつけた。ところが着陸後に停止する場所が、わからない。常識的には滑走路に隣接する駐機場と考えられるが、なんとなく違和感があった。敷地の外から駐機場をみても、連絡機が飛来しそうな様子がないのだ。

燃料補給の準備はもとより、整備員や操縦の交代要員らしき姿も見当たらない。もしかすると、飛行場が違っているのかもしれなかった。秋津大佐は困惑した。飛行場は広大で、徒歩で移動することなど思いもよらない。

第二飛行場に着陸したとしても、基地施設から遠く離れた位置に駐機する可能性もあった。気になる状況だが、不用意に動くことはできない。間近の駐機場で停止して、給油や整備をおこなう可能性

は残っている。

腰をすえて状況を確認するしかないと思いなおした。落ちつきなく動いていたら、軍事密偵と間違われるかもしれない。そう心に決めて、機影があらわれるのを待った。その矢先に声をかけられた。参謀本部の秋津大佐ではないかと、声の主は問いただした。

ゆっくりと、秋津大佐はふり返った。いつの間に近づいたのか、搭乗員らしき人物が背後に立っていた。海軍の飛行服を着こんでいるが、面識はなかった。現役の搭乗員にしては歳をとりすぎている気がした。何ものかと思っていたら、相手が先に名乗った。

海軍第三〇二航空隊司令、小園安名《こぞのやすな》大佐だと。

その名には記憶があった。たしか本務は他にあったはずだが、あえて厚木の航空隊司令を名乗ったのは何か理由があるのかもしれない。そう思っていたら、いきなり小園大佐は本題に入った。秋津大佐にとっては、耳寄りな話だった。

陸軍の徴用船が来ないので、困っている様子だがどうか。

厚木まででよければ、連絡便に同乗することも可だがどうするか。

連絡便といっても、鹵獲《ろかく》した重要物資を内地に輸送するだけだ。便乗者を受けいれる余裕はある。燃料の備蓄量も八丈島には充分あるから、満載状態まで積みこむことも可能だ。

秋津大佐は耳を疑った。驚きすぎて、すぐには信じられなかった。それが本当なら渡りに舟だが、うますぎる話は警戒するべきだった。小園大佐は何のつもりで、こんなことを言いだしたのか。不審に思って黙りこんでいたら、小園大佐は破顔していった。

秋津大佐は私の命の恩人ですからな、もしも大佐がいなかったら、今ごろ私は海軍刑務所に放りこまれていたはずだ。秋津大佐は私よりも何十倍もうまいやり方で、目的を達成することができた。

秋津大佐は首をかしげた。ますます理解できない。心当たりもなかった。

小園大佐の真意が気になるものの、一方ではこれ以上の好機はないと判断していた。この好機を逃すと、二度と機会はやってこないのではないか。

第一章　暗闘

1

秋津大佐にとっては、久しぶりの東京だった。とうに日は暮れて、路上に寒気の塊が滞留している。予定では明るいうちに参謀本部入りするはずだったが、厚木基地の混乱が予想外に長くつづいたらしく到着が大幅に遅れたのだ。そのせいで陸軍省のちかくまできた時には、寒気が一段と厳しさをましていた。

　今回の視察で訪れたのは、大部分が中部太平洋に点在する島嶼群《とうしょぐん》だった。広大な太平洋戦域の中では、地理的特徴や気候風土が日本本土に近い方だった。その事実が、逆に負担を大きくした。自分自身の体力を、過信していたのかもしれない。

小園大佐の好意で厚木基地に到着したものの、遅延の原因となった混乱は夕暮れが近づいても終息の気配をみせていなかった。ただし何が起きているのか、うかがい知ることはできなかった。

部外者には知られたくない状況らしく、駐機場に連絡機が停止した時には大型の貨物自動車が視野をさえぎっていた。そのまま貨物自動車に乗せられて基地の正門を通りぬけ、市街地を素通りして最寄りの駅で降ろされた。

そんな状態だから、陸軍省のある市ヶ谷まで自動車を手配しようとは思わなかった。いまは手配のための時間も惜しかった。できることなら一刻も早く帰任して、内部情報を収集しておきたかった。

もしも政変の兆候があれば、構築しておいた情報網に何か反応が残っているはずだ。思いつくかぎりの対策は講じてあるが、だからといって安心はできない。それに参謀本部を通して自動車の手配を依頼すれば、秋津大佐の帰任が部内に知れわたってしまう。

敵対する勢力の動向は、まったく把握していなかった。組織改革の障害になりそうな人物は徹底的に排除したつもりだが、秋津大佐が不在中に息を吹き返した可能性はあった。かりに復権していなくても、大佐がテロルの標的にされるかもしれない。

そのことを考えると、衣服を整えている余裕はなかった。幸いなことに、最後の視察地は八丈島だった。軍衣は寒冷地仕様ではないが、ある程度なら寒さをしのげる。どのみち戸外にいるのは、長い時間ではなかった。

街の様子も確かめておきたかったから、鉄道を利用することにした。すぐに日が暮れるが、参謀本部には宵の口に到着する。それなら、人眼につくこともない。官舎に立ちよって、軍衣をあらためようとは思わなかった。

防暑用の軍衣でも支障はないと考えたのだが、真冬の寒風は思いのほか冷たかった。一歩ごとに、体力が失われていくような気がする。すでに西の空からは、残照さえも消えていた。暗い夜だった。

米軍による空襲が予想されるものだから、灯火管制は徹底している。もともと少ない街灯は消されているし、屋内の光も漏れだしてこなかった。その事実が、さらに寒々しさをました。

今夜は月の出が遅く、夜明けの直前に弓のような月が昇るだけだ。昭和二〇年が明けて、もう半月がすぎている。本来なら小正月を祝う時季になっていたが、周辺の街なみからは華やいだ雰囲気が伝わってこなかった。

それも当然で、最近では正月の行事自体が途絶えていた。小正月は本来、正月気分を脱して普段の生活をとりもどすためのものだ。あわせて一年間の無病息災と豊作を願って、正月の注連《しめ》かざりなどを焼くことになる。

一連の行事が終わるころには、普段とかわらない日常が再開されているのが普通だった。あるいは新年を祝う以上に、日常生活への復帰を重要視しているのかもしれない。その正月行事が「自粛」と称して中断しているのだから、派生した小正月も存在意義を失う。

秋津大佐自身は開戦以来、内地で正月をすごしたことがなかった。帰国すること自体がまれだったし、この三年間はさらに慌ただしい日々をすごしていた。だから正確なことは知らないが、自粛の動きは正月行事にかぎったことではなかったようだ。

祝儀不祝儀はもとより、日常的な個人の食習慣にまでおよんでいたらしい。ところが基準は曖昧で、恣意的に運用されることが多かった。といっても、政府筋の指導などはない。住民自治会の役員などが、主観にもとづいて判断する状態だったという。

それでも最初の一年間は、大きな混乱はなかった。意にそわない形で自粛をしいられても、耐えられる程度の危機感があったからだ。国家はもとより人類全体が死滅しかねない未曽有の大戦争は、いまも終息の気配をみせていない。

将兵がこうむった労苦は、筆舌につくしがたいものになっていた。開戦以来の戦病死者数などは公表されていなかったが、膨大な数字になっていることは想像できた。そのような状況下で、祝いごとをするのは申し訳ないという主張がことあるごとにくり返された。

しかし自粛するか否かは各人の判断にゆだねるべきであり、他者の指示で決まるものではない。まして罰則をともなった規則や、行動指針で強要されるべきではない。

ところが戦争が長引くにつれて、人々の共通認識は変化しはじめた。個人的な選択である「自粛」が、いつの間にか一人歩きをはじめていたともいえる。最初のころは励行すべき美風程度だったが、次第に既成事実化して動かしがたい原則に変化した。

強制されて自粛したところで、前線の将兵は喜ばないだろう——そんな単純きわまりない正論は、最初から無視された。意にそわない自粛に意味などないことは、誰もが気づいていた。だからこそ、公然と口にすることは憚られた。

その一方で自粛に対する無言の反発は、開戦当初からあった。正月にかぎらず伝統的な神事や行事は、めだたない形で実施された。ただし祝いごとにつきものの酒類や、豪華な正月料理は省略された。簡略化された神事を、深夜ひそかに実施しただけだ。

地方によって差があるものの、年頭の神事は基本形が共通している。たとえば年神《としがみ》様に扮した子供や自治会の役員が、各家を訪れて五穀豊穣などを祈ることが多かった。地方によっては獅子舞や恐ろしい形相の怪物が、村中を闊歩する例もある。

御神酒《おみき》や御節《おせち》料理が省略されたのは、賢明な判断だったといえる。やり方を間違えればお祭り騒ぎになりかねないが、酒と料理をふるまわなければ質素で節度のある行事として成立する。素朴な民間信仰が、深夜の神事につながったものと思われる。

だがそれは、あくまで少数の例外だった。大多数の土地では、簡素な神事さえおこなわれなかった。その結果、自粛に反する行事が非難されることはなかった。眼こぼしをされたのではない。めだつのを徹底して避けたために、気づかれなかっただけだ。

これは象徴的な出来事だった。当事者同士が自粛の本質的な意義に気づいていないものだから、混乱が生じることなくすれ違いに終わったといえる。ただし二度めの——つまり昨年の正

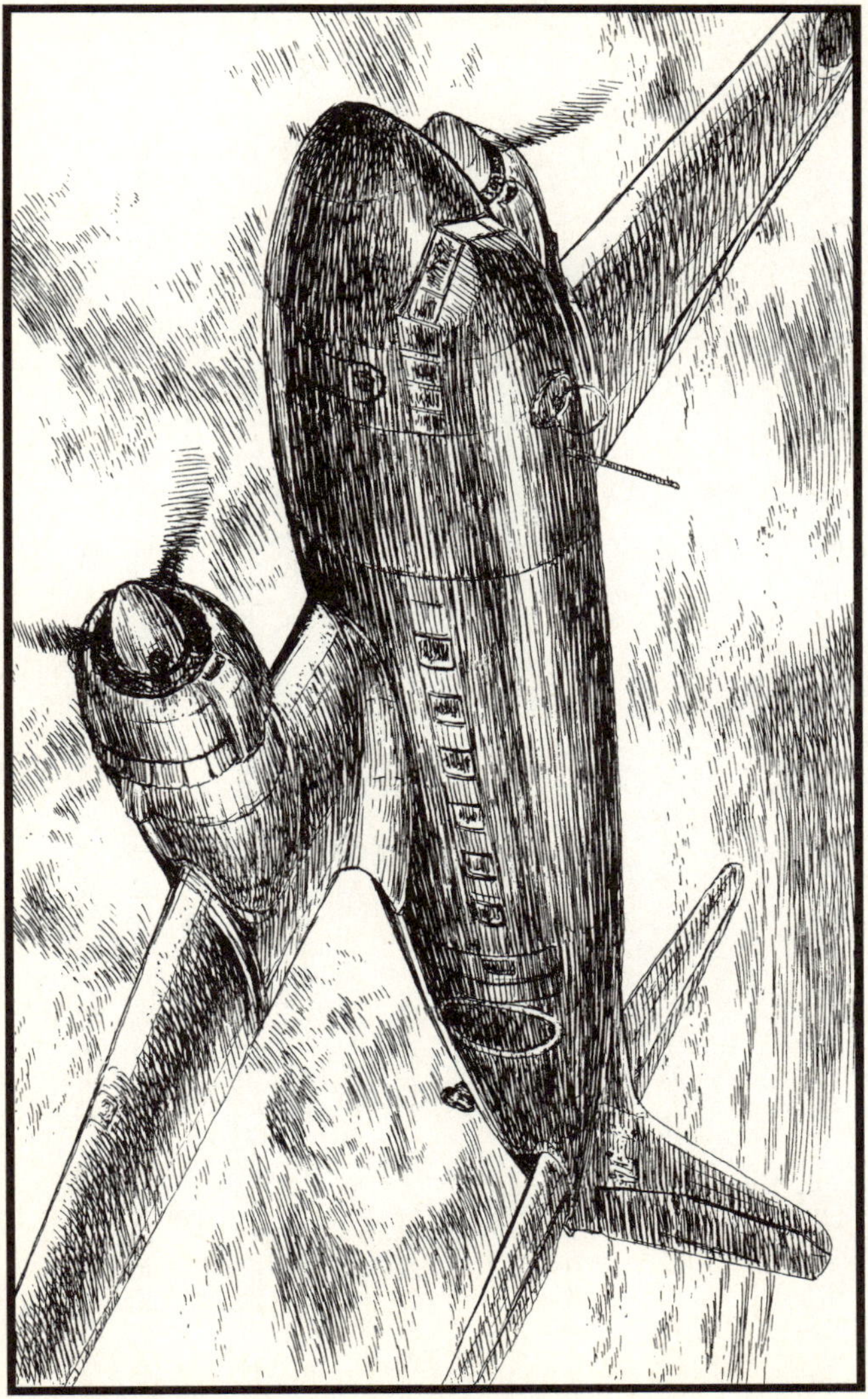

零式輸送機22型

月は、日本各地で問題が表面化した。

自粛の風潮を無視するかのように、多くの村で正月の神事が復活していた。しかも昨年の成功が既成事実化して、深夜の時間帯から日中に時刻をもどす例がふえた。それだけなら問題にならないが、一部の村では御神酒と御節料理で、年神役をもてなした。

つまり従来のやり方で、年初の祝いをおこなったらしい。神事をおろそかにすると、収穫量が減少しかねない。最悪の場合は前線への食糧補給が、滞る可能性もあった。それを口実に、地域ぐるみで自粛の風潮を無視する村もあった。

といっても昨年の正月ごろには、物資不足が深刻化していた。多彩な酒肴など望むべくもなく、屠蘇《とそ》がわりの安酒で正月気分を味わうのが精一杯だった。自宅で餅つきができるのは、土地の有力者や名家にかぎられていた。

単に経済的な余裕があるだけでは、分不相応な成金だと後ろ指をさされた。普通の家庭では臼や杵が物置から運びだされることはなく、伝手《つ　て》を頼って少量の餅を手に入れる程度だった。めだつことをすれば、密告されて捜索を受けることになる。

それほどまでして正月の行事にこだわるのは、年ごとに状況が悪化していたからだろう。実際に三度めの正月になる今年は、自粛どころではなくなっていた。食糧品は配給が原則だが、遅配や減量が相次いでいた。

内地でさえそんな状態だから、前線の将兵はさらに過酷な状況下にあった。連合軍の多彩なレーションパックと、比べるまでもなかった。彼我の差は歴然としている。それでも将兵は、不満を口にすることがなかった。粗食にたえて勇戦をつづけている。

辛抱づよさが美徳とみなされる風潮が、食い物の不平を口にし辛くしているのだ。ところが戦争指導にあたる参謀たちは、誰も実態を正しく認識していなかった。あいかわらず補給体制に不備のある作戦が強行されて、前線の将兵を飢えさせていた。

だが極限状態に追いつめられても、将兵は従順だった。ときには幽鬼のように痩せ細り、重病人のような状態になっても戦いつづけた。と うに限界をこえているのに、戦いをやめることができないのだ。

——だが、限界をこえることはできない。

それが秋津大佐の、正直な感想だった。このまま放置すれば、いずれ戦線は全面的に崩壊しかねない。そして日本は、国の形を維持できなくなる。状況次第では、この秋にも崩壊がはじまる。予測は困難だが、記録的な不作に見舞われる可能性があるらしい。

原因は明確だった。大量動員による労働力の不足が、農地を荒廃させていたのだ。多くの村から壮丁の姿が消えて、手入れの行きとどかない田圃は生産力を落としていた。さらに数年来の天候不順が、広い範囲の凶作を引き起こすかもしれない。

これは人為的な飢饉《ききん》といえた。秋になっても稲は実らず、収穫量が激減する可能性があった。農民たちの眼の前で、丹精した田畑は荒れて死ぬ。この時点で国民の忍耐は、限界をこえる。翌年の種籾さえ残せず、農地を捨てて離散する者が続出するのではないか。

形をかえた逃散であり、一揆にも似た異常事態だった。そして収穫量の低下は、国民の意識を大きくかえる。国家への帰属意識が薄れ、武装した流民となって治安を悪化させる。独自の生産手段を持たない彼らが、食っていくには略奪しかなかった。

その時には、軍の士気も低下している。有効な手を打たなければ、戦線が維持できなくなるのだ。昭和二一年の正月を待たずに、日本は継戦能力を失っていると考えるべきだった。栄養不足による国民の病死者は、戦闘による軍人の戦死傷者を上まわるのではないか。

秋津大佐は足をとめた。

違和感のせいだ。参謀本部のある市ヶ谷台は、陸軍士官学校在学時から馴染みのある街だった。それなのに、見知らぬ土地に迷いこんだような気がする。道を間違えたわけではなかった。空が暗さをましているとはいえ、眼につく建物や地形の起伏には記憶があった。

進むべき方角を、誤っているとは思えない。記憶をたしかめるまでもなかった。それにも関わらず、緊張感が払拭されない。陸軍の参謀本部に、強い反発があるせいかもしれなかった。危険で困難な視察を終えて帰任したのに、安堵をまるで感じない。

むしろ単身で敵地に乗りこむかのような、殺伐とした気分にさせられた。無論、臆する気持はない。敵対する人物があらわれれば、即座に反撃するつもりで身構えた。状況次第では、武器の使用をためらわない覚悟もできている。

そう考えたことで、自然に足が動いていた。立ちどまっていたのは、短い時間でしかなかった。まだ宵の口だというのに、人通りは途絶えている。ときおり通過する軍用自動車の前照灯が、闇を切り裂いては秋津大佐を追い越していった。

また一両、自動車が通りすぎた。安定した動きで前に出しつづけていた大佐の足が、わずかに速度を落とした。停止するほどではない。誰かが待ち伏せている――そのことに、気づいたせいだ。

2

直感だった。

通りは暗く人かげの存在も不明瞭なのに、確信だけはあった。間違いない。秋津大佐を殺害するつもりで、誰かが暗がりに身をひそめている。心当たりなら、山ほどあった。そのうちの何人かは、行動を躊躇しない。

だが待ち伏せているのは、大佐の把握している人物とは違うようだ。少なくとも一カ月前までは、こんな人物はいなかったように思う。ただし襲われる可能性は、高いとみていい。明瞭な殺気を、感じたからだ。警告や威嚇が目的で、身をひそめているとは思えない。

ただ大佐としては、まだ死ぬわけにはいかなかった。情勢が不安定な時期に、あえて東京を離れたのは身に危険を感じたからでもある。命は惜しくなかったが、やるべきことは、まだ残っていた。秋津大佐の暗殺を、政治的な宣伝に利用されるのも困る。

もしも前線の視察をせず東京に居つづけていたら、命がいくつあっても足りなかっただろう。

秋津大佐の主導で和平工作が進展しているとの情報は――正確さには欠けるものの、予想外に広く流布していた。

無論それは無責任な噂話でしかない。針小棒大に誇張されていたし、思いこみによる尾鰭《おひれ》もついていた。だから情報としての価値は、あまりないといってよかった。ただしこの状況を逆手にとれば、国防方針の転換を周知することができる。

和平交渉が進展しているのは事実なのだから、非公式な形で情報が浸透するのは好都合といえた。たとえ無責任な噂話であっても、一片の真実はふくまれている。これまで講和などありえないと信じこまされてきた国民に、あらたな認識を示すことができそうだ。

その一方で当事者である秋津大佐は、常に生命の危険にさらされることになる。待ち伏せする者は正確な状況を把握していないことが多く、ものごとを単純化して考える傾向が強かった。大佐を暗殺すれば、交渉など容易に決裂させられると信じていた。

和平工作に対する認識が不足しているとしかいえないが、そのような考え方をする者ほど短絡的な行動をとる。理論的な裏づけが不充分なものだから、その分を行動で補おうとするのだ。厄介な連中だが、数が多すぎて大佐自身も全容を把握していなかった。

それならいっそのこと、東京を離れようと考えた。秋津大佐が姿を消せば、血気にはやる青年将校や有象無象の壮士は攻撃目標を見失う。一カ月もすればほとぼりがさめて、命をねらわれることも少なくなるはずだ。

そう考えていたのだが、秋津大佐の思惑は外れた。帰任の当日に、もう待ち伏せされている。予想では不在の間に事態が沈静化して、護衛なしで外出できるはずだった。ところが現実は、この有様だ。参謀本部に近づいただけで、得体のしれない輩と出くわした。

——どちらだ……。問答無用の天誅か、それとも大言壮語するだけか。

秋津大佐としては、即断しかねる状況だった。殺気を発散させているからといって、前触れもなしに命をねらってくる「天誅」とはかぎらない。殺意をむき出しにして近づいてきても、口先で威嚇するだけの輩もいる。

相手が「天誅」目的の暗殺者なら、こちらも手加減せずに反撃すればよかった。ところが「警告」と称して難詰してくる相手なら、最初に真意をたしかめる必要があった。判断ミスはもとより、わずかな対応の遅れが命取りになりかねなかった。

厄介なことに秋津大佐の所在は、多くの部隊で知られていた。陸軍参謀本部作戦課といえば、日本最高の頭脳集団だった。その後は状況が改善されたが、当時は動向が容易に把握できた。つまり暗殺する気なら、たやすく行動が読みとれるのだ。

だが秋津大佐からは、暗殺者の動向がつかみにくい。血気にはやる青年将校が、たまたま街中で秋津大佐をみかけて尾行をはじめたことがあった。おそらく人通りの少ないところで声をかけて、大佐を難詰しようとしたのだろう。

軍刀術の使い手らしく、身のこなしが普通ではなかった。昇進したばかりの中尉らしかったが、それにしては腰がすわっていた。ただし自分の力量を、過信していた。さもなければ大佐の力量を、みくびっていたかだ。

尾行に気づいた大佐がふり返ると、無言のまま軍刀の柄に手をかけた。威嚇のつもりで軍刀を突きつけようとしたのだが、大佐の反撃はそれよりも素速かった。秋津大佐に腕をへし折られた将校は、あやうく廃兵になるところだった。

かと思うと酔った勢いで徒党を組んで、退勤時の大佐を待ち伏せていた一団もあった。激戦がつづく南方戦線に投入される部隊の隊付将校らしく、傍若無人な言動で秋津大佐を辟易させた。陸軍省の敷地を出たところで大佐を取り囲み、口々に罵声をあびせたのだ。

最初は講和を画策する大佐の真意を、問いただす程度だった。緒戦の段階から途切れることなく兵力を投入してきた部隊だから、人的な被害は相当なものになっている。現在は膠着状態がつづいているが、戦況が不利というわけではない。

現地軍の将兵はもとより、国内で再編されつつある部隊の認識も一致していた。その事実を取り引き材料として、交渉をまとめようとする大佐の動きが我慢ならないらしい。ということは秋津大佐に、何かを求めているわけではなかった。

形にならない鬱屈を、ぶつけてきただけだ。だから理路整然と反論しても、意味がなかった。無視して立ち去ることも、避けた方が無難だった。現場から逃げたのは、非を認めたからだと強弁されかねない。

結局そのときは、一時間ちかく悪罵を受け流すことになった。その間はひとことも言葉を口にしなかったが、時間を無駄にしたという思いはなかった。興奮状態にある彼らには、何をいっても通じない。かといって、あからさまに無視するのもまずい。

あくまでも毅然とした対応に、終始するだけだ。そうせざるをえない事情が、あったのだ。一団の後方にいた目立たない人物だった。現役将校らしく、少尉の階級章が不自然なほど新しかった。他のものは激昂していたが、少尉だけは不自然なほど青ざめている。

他の将校からは里崎《さとざき》少尉と呼ばれていたが、存在感が妙に希薄だった。それだけに、思いつめると暴走しそうな怖さがあった。時間がすぎるにつれて、少尉の表情は陰鬱さをました。

秋津大佐の誅殺以外に、選択肢がないと思いこんでいる――里崎少尉の表情にあらわれた変化を、大佐はそう受けとっていた。他の将校は一方的にまくしたてて溜飲を下げていたが、おなじ言葉が少尉には怯懦《きょうだ》を難詰されているように感じるのだろう。

だから他の将校が引きあげても、安心できない。一人だけ引き返してきて、銃撃を加えそうにみえた。こうなると、不用意には動けない。たえず他の将校がどう動くかみきわめた上で、里崎少尉の反応を読みとる必要があった。

不毛な睨みあいは、延々とつづいた。少尉の存在によって、秋津大佐の選択肢も限定されていた。円満な解決は、ありえなかった。危険ですらある。他の将校は異常事態に気づいていない。里崎少尉だけが、緊張で極限状況まで追いつめられている。

どうなることかと思ったが、事態は呆気なく終息した。睨みあいに気づいた通行人が、関係機関に通報したらしい。駆けつけてきたのは、憲兵隊の一団だった。状況を把握した軍の高官が、部隊を派遣したと思われる。民間人が連絡しても、憲兵隊は動かない。

将校団は逃げようとせず、鷹揚な態度で憲兵隊と接している。ただし先ほどまでの秋津大佐とは、立場が逆転していた。逃げれば非を認めることになるせいか、鷹揚にかまえて動じない風をみせている。

ところが里崎少尉だけは、異様な殺気が途切れることがなかった。落ちつかない様子で、視線を宙にさまよわせている。間一髪だった。少尉の手には、拳銃が握りしめられていた。このままでは、二度と銃撃の機会はないと感じたらしい。

ところが発砲の間際になって、躊躇が生じたようだ。すかさず秋津大佐は、憲兵の最上級者らしき大尉にいった。

「首謀者はそこの少尉だ。あとは付和雷同して、ついてきただけの野次馬だ。即座に解散させよ」

憲兵大尉はきれる人物らしい。その言葉だけで状況を理解していた。秋津大佐の肩書きはもとより、将校団の所属部隊も察知していた。さりげない動きで里崎少尉を他の将校から引き離して、連行する態勢をとっている。

状況に気づいた将校団の最上級者が、あわてた様子で抗議の声をあげた。だが、すでに時期を逸していた。憲兵の動きに不自然なところはなかったが、容易には突きくずせない守りの態勢に入っていた。

　わずかな時間のうちに、騒ぎは終息した。下士官一人を残して、憲兵は立ち去っていた。後にのこった下士官が、大佐を護衛するらしい。護衛の必要性は、それまでにも散々きかされていた。だが大佐としては、たえず監視されているかのようで落ちつかない。

　理由をつけて断っていたのだが、有無をいわさず下士官を同行させるようだ。目端のきく下士官らしく、無視された格好の将校団に無言の圧力をかけている。予想外の動きに対応できないのか、将校団は気が抜けたように立ちつくしている。

　連行された少尉を、取りもどそうとする動きはなかった。事情はわからないが、その少尉だけは異質な印象を受けた。もしかすると、他の部隊から合流したのかもしれない。他の将校との申しあわせに反して、独断で秋津大佐を射殺しようとしたのではないか。

　すると里崎少尉がひそかに発砲しかけたことにも、気づいていなかった可能性がある。つまり将校団は、楯がわりに利用されていたことになる。秋津大佐の言葉をきくまで、状況の把握もできていなかったようだ。

　そのせいか、将校団は従順だった。穏やかな態度の憲兵下士官にうながされて、その場から立ち去った。

　それが一カ月あまり前のことだ。

　――あのときの少尉なのか。

　闇にひそむ人かげに気づいたとき、最初はそう考えた。襲撃者は執念ぶかいことが多いから、里崎少尉が二度めの待ち伏せを企てた可能性は充分にある。だが現実的にいって、それはなさそうだ。最近はどの部隊でも、初級指揮官の数は不足している。

よほどのことがないかぎり、免官にはしないはずだ。それに憲兵隊が駆けつけた時点で、秋津大佐は危害を加えられていなかった。所属部隊が前線に移動するなどの事情があれば、放免された可能性が高い。

その場合は所属する部隊によって、厳重な監視下におかれているはずだ。部隊の名誉に関わることだから、脱走でもしないかぎり二度めの襲撃は困難だと思われる。「付和雷同」の野次馬と決めつけられた将校団とともに、前線に移動したのではないか。

いずれにしても里崎少尉と将校団が、東京に居座っている可能性はない。腕をへし折られた軍刀術の手練れも同様だった。つまり待ち伏せているのは、別の誰かということになる。そう考えて眼をこらしたが、闇が深くて正体はわからない。

秋津大佐は無駄のない動きで、腰の拳銃嚢《のう》に手をのばした。大佐が携行しているのは、FNブローニングM1910だった。突出した性能があるわけではないが、信頼性の高さと取り扱いの容易さには定評がある。

普段は意識することもなかったが、護身用には心強い味方だった。作動が確実で、どんなときでも誤作動を起こすことがない。だから安心して、命を預けることができた。きわどい動作で発砲しても、不安は感じずにすんだ。

秋津大佐は悠然と通りを歩いていった。立ちどまるのは危険だった。闇にひそむ者の正体は不明だが、暗殺が目的なら隙をみせるべきではない。無防備な姿をさらせば、好機とみた敵が突っこんでくる。

そう判断して、全身に気迫をみなぎらせた。闇にひそむ敵を挑発して、隠れ場所から追いたてるつもりだった。だが姿のみえない敵に、動きはなかった。それなのに、濃密な殺気だけは伝わってくる。

間合を測っているのかと、秋津大佐は考えた。たぶん飛び道具は、携行していない。理由は明白だった。この時間帯は銃声が意外に遠くまで伝わる。そして乱戦になれば、銃声が鳴り響くのは避けられない。

だが接近戦に持ちこめば、拳銃が相手でも互角以上の戦いができる。ただし、めだつ軍刀を持ちこむとは思えなかった。脇差も同様で、刃渡りが一尺をこえる刀剣類は避けるはずだ。すると残る得物は、短刀か匕首《あいくち》になる。

たぶん敵は、警告などする気はないのだろう。「天誅」の言葉も、口にしないと思われる。問答無用で命を奪いにくるだけだ。だが秋津大佐には、それ以上に気がかりな事実があった。おなじ人物に、軍刀を突きつけられたことがある。

いまから十数年前の、満州での出来事だった。古い話だが、記憶は色あせていない。無遠慮に発散させる殺気の凄惨さも、記憶と一致していた。その事実を思いだしたことで、呼吸がわずかに乱れた。

だがそれも、長くはつづかなかった。すぐに呼吸は回復した。人かげのひそむ闇だまりは、間近にあった。歩度を落とすことなく通過したが、動きはなかった。声さえ発することなく、沈黙をつづけている。

3

充分に距離をとって、秋津大佐はふり返った。

闇の奥から姿をみせた人かげと、眼があった――ような気がした。灯りひとつ見当たらない暗がりの奥で、その人物は眼だけを光らせている。それをみたことで、ようやく確信が持てた。秋津大佐は低い声でつぶやいた。

「各務大佐……なのか」

声に出した直後から、現実の重さを感じるようになった。間違いなかった。参謀本部の中枢を追われ、陸軍からも放逐された各務大佐だった。各務大佐は襲撃を断念したらしく、背をむけて走り去ろうとしている。


その後ろ姿に、拳銃を指向した。ここで息の根をとめておかなければ、あとで後悔することになる――そんな思いに、とらわれていたせいだ。もしも再度の襲撃を許せば、今度は秋津大佐が窮地に追いこまれかねない。

それなのに、銃撃できなかった。逃げる敵を撃つことに、抵抗があったからだ。武士の情けともいえるが、非情になりきれない自分を正当化する気はない。もしも次に対峙する機会があれば、迷わずに発砲しようと心に決めた。

そう結論をだしたときには、各務大佐の姿は闇にとけ込んでいた。秋津大佐は耳をそばだてた。陸軍省の方から、誰かが足早に近づいてくる。地面を蹴飛ばすかのような、よく響く足音が伝わってきた。各務大佐が襲撃を断念したのは、足音に気づいたからだろう。

秋津大佐は小さく息をついた。足音を耳にした時点で、それが誰だかわかった。大佐を護衛するために、憲兵隊から派遣された鮎沢《あゆさわ》伍長らしい。すぐに人かげが視認できた。憲兵用の短いマントが、足を踏みだすたびに大きく揺れている。

一見しただけではわかり辛いが、右側だけが不自然な動き方をしていた。たぶんマントの内側には、拳銃が隠されているのだろう。すでに安全装置を解除して、初弾を薬室に送りこんでいるようだ。

一口《ひとふり》の短刀で、拳銃二挺を相手にするのは危険すぎた。各務大佐でなくても、不利をさとって引きあげるのではないか。それとも最初から、威嚇が目的で待ち伏せたかだ。各務大佐の逃げ足は予想以上に速く、鮎沢伍長は追跡しようとはしなかった。

待ち伏せの事実は察知したものの、逃げたのが誰なのか伍長は気づいていない可能性がある。詳細な状況が不明だから、秋津大佐のそばを離れるべきではないと判断したらしい。秋津大佐も、あえて各務大佐を捕らえることは命じなかった。

いまは少しでも早く参謀本部に帰任して、現状の把握と今後の方針策定をいそぐべきだろう。もしも他にも襲撃犯がいれば——そして短刀ひとつで乗りこんできた各務大佐よりも武装が充実していれば、今度は秋津大佐が「二度めはない」状況に追いこまれる。

当初の失敗があるものだから、秋津大佐の行動予定は機密事項とされていた。現地では参謀本部の要員と称していたが、実際には陸軍の軍属や雇員をよそおうことが多かった。しかも海軍の連絡機で内地にむかうことは、参謀本部には通報されなかったはずだ。

それなのに何故、各務大佐は秋津大佐を待ち伏せできたのか。秋津大佐の動向は、参謀本部でさえ把握していないはずだった。ところが各務大佐は、秋津大佐の動きを正確につかんだ上で待ち伏せしていた。

このことの意味は重大だった。陸軍の中枢を追われた各務大佐は、いまも以前と同様に人脈を利用していることになる。視察に先だって陸軍内の各務色は、一掃されていた。それがいつの間にか、復活しているらしい。

かといって陸軍の外部に別の情報源があったのなら、その場合は別の問題が生じる。防諜態勢が機能していないことになるし、参謀本部にいたる路上には待ち伏せする者たちであふれているはずだ。いまのところその気配はないが、油断はできなかった。

——すると……鮎沢伍長はどうなのだ。

その点が気になった。待ち伏せていたのが各務大佐だけなら、偶然の一致として片づけることもできた。視察の事情を知れば計画の概要が推測できるから、大雑把な帰任時期の見当もつく。あとは簡単だ。秋津大佐の通りそうな道を、辛抱づよく見張るだけでいい。

普通なら実行を躊躇うところだが、各務大佐の執念ぶかさは尋常ではない。雲をつかむような話でも、待ち伏せを断行するのではないか。ただし現実は、そう簡単ではない。各務大佐ばかりではなく、鮎沢伍長までが襲撃現場に居合わせたのだ。

偶然の一致では、片づけられない。鮎沢伍長は常識的で普通の憲兵だった。偶然に頼って闇雲に秋津大佐を待つほど、暇ではないだろう。

足をとめることなく歩きつづけながら、伍長を呼んでたずねた。この時刻に帰任することを、どうして知ったのか。先ほどの状況を、どの程度まで把握しているのか。あのとき拳銃は、抜いていたのか。抜いているとしたら、何を撃つつもりだった。

矢継ぎ早に質問を投じたが、鮎沢伍長は動じなかった。記憶をたしかめる様子もなく、即座に応じた。

「暗くてよく見えなかったですが、暴漢は秋津大佐を襲撃する寸前でした。状況からして自分が見たのは、各務大佐だったように思えます。もしそうだとしたら、憲兵隊員として優先すべき任務も自然に決まってきます。第一に秋津大佐の身辺警護、第二はその範囲内で暴漢の身柄を拘束することです――」

よどみなく鮎沢伍長は話しつづけた。だが秋津大佐にとっては、不満の多い返答だった。伍長が話したことは曖昧で、肝心なところが抜け落ちている。間近にいた秋津大佐でさえ詳細を見わけられずにいた襲撃者を、鮎沢伍長はどうして各務大佐だと考えたのか。

それ以上に「状況からして」などという言葉は、具体性に欠けていた。秋津大佐の警護を優先したことも、言い訳のように使われている。判断としては正しいのだろうが、どうも釈然としなかった。

無論、そのことを口にする気はない。初級下士官でしかない鮎沢伍長に、過大な期待をかけるべきではなかった。そう考えたからだが、結果的に伍長の判断は正しかった。というより、秋津大佐の認識不足だったらしい。鮎沢伍長は声を落としてつづけた。

「憲兵隊に集積された情報によれば、この近辺では年明けから何度か各務大佐の姿が目撃されています。最寄りの駅から市ヶ谷の陸軍省にむかう道筋を、人眼を避けて行き来していたとの報告が入っていました。目撃例が日没後にかぎられていますので、詳細は不明ですが」

秋津大佐の足が、ほんの少し乱れた。後方をふり返って鮎沢伍長に、それは本当なのかと問いただしたかった。だが秋津大佐は強い自制心で、なんとかそれを思いとどまった。伍長には嘘をつく理由などなかったし、問いつめてもいま話した以上のことは出てこないだろう。

これは権謀術数の渦巻く参謀本部で、生き抜くために大佐が会得した技だった。感情は決して表に出さず、何を考えているのか他人にはうかがい知れない。だからこそ、長く生きのびることができた。そして短い国内勤務のあと、次の作戦地域に出動して新たな戦いを指導した。そのせいで、戦闘の帰趨《きすう》を見通す眼は確かなものになった。ただし大事なものを、失ったような気がする。伍長が口にした事実は、それほど重大な点をついていた。

ただし秋津大佐にとっては、拍子抜けするような事実だった。各務大佐による待ち伏せは、偶然に頼った杜撰《ずさん》なものだったらしい。その点は理解できたものの、なんとなく納得できないものを感じた。むしろ視野の狭さを痛感した。恥じ入る気持は、最後にやってきた。どうやら自分は、鮎沢伍長を侮っていたようだ。無意識のうちに初級下士官の憲兵伍長を、見下していた――あるいは自分でも気づかないうちに、偏見を持っていたことになる。

自意識過剰で傲慢な参謀職の悪癖に、自分も足を踏みいれていたようだ。なんらかの形で謝罪したいところだが、それは避けた方がよさそうだ。鮎沢伍長自身が気づいていないのだから、知らん顔で通せばいい――そんな姑息なことを、考えたわけではない。

もしも誤解を生じたら、憲兵隊すべてを敵にまわすことになりかねなかった。それくらいなら現在を大事にして、将来にそなえた信頼関係を構築するべきだった。言葉を選びながら、秋津大佐は疑問に思っていたことを口にした。

「各務大佐には、協力者はいないのだろうか。偶然に頼って陸軍省の周辺を徘徊するというのは……大佐らしくないと思うのだが――」

その点について、鮎沢伍長の所感を知りたかった。各務大佐の真意は不明だが、自分を陸軍から追放した秋津大佐らに復讐することだけが目的とは思えない。いまは一人で行動しているが、参謀本部への復帰を考えている可能性があった。

鮎沢伍長は返答しなかった。最初は躊躇が原因だと思った。相手が秋津大佐でも、話すことには抵抗があるのだろう。そう考えて、辛抱づよく伍長の言葉を待った。ところが鮎沢伍長は口を閉ざしたまま、ひとことも言葉を口にしようとはしなかった。

秋津大佐も沈黙をつづけた。話す気がないのなら、待つしかなかった。鮎沢伍長は苦しそうに息をついている。おそらく憲兵隊の隊長か、さらに上部機関から口外しないよう釘を刺されているのだろう。鮎沢伍長自身は、そのことに疑問を感じているようだ。

その矛盾が、伍長個人に集中した。板挟みになった伍長は事情を話すこともできずに、沈黙をつづけるしかなかった。不器用な男だと、秋津大佐は思った。命令を恣意的に解釈して、辻褄をあわせるといった器用さは持ちあわせていないようだ。

それなら手助けをしてやるかと、秋津大佐は思った。それほど難しいことではない。各務大佐とは初級士官のころから、おなじ連隊で勤務していた。各務大佐が途中で投げだした負け戦の後始末を、秋津大佐が引き継いだことも一度や二度ではなかった。

だから各務大佐の考えそうなことなら、容易に見当がついた。秋津大佐は簡潔にいった。

「武力による帝国憲法の停止と国体の改造、ちがうか」

つまりクーデターによる既成秩序の破壊を、各務大佐は考えているのではないか。大佐の失脚は合法的なものだったから、通常の方法で覆すことは困難だった。もとの地位に復帰しようとすれば、暴力的な手段による権力の奪取以外にない。

鮎沢伍長の息をのむ気配が、かすかに伝わってきた。どうやら図星だったらしい。だが鮎沢伍長には、まだ話すべきことがあるはずだ。秋津大佐は待ちつづけた。それほど長い時間は、必要なかった。ようやく届いた伍長の声は、老人のように嗄れていた。

「それに相違ありません。ただし……細部については、いくらか補足が必要です」

鮎沢伍長の補足説明は、簡潔で要をえたものだった。だが秋津大佐にとっては、途方もない話でしかなかった。歴史上に存在するどのクーデター計画とも、共通点はない。破天荒というより、破綻した計画といわざるをえない。

たとえば各務大佐の計画には、大義名分がなかった。理想はもとより、正義も存在しない。あるのは生々しい私怨と、際限のない権勢欲だけだ。それでどうやって、実権を掌握するのか。各務大佐が投入できる手兵は、大佐本人だけだった。

熱い思いと理想に殉じる赤心があれば、檄を飛ばして同志を募ることもできる。だが各務大佐に、それほどの人望があるとは思えない。それに現状は、匕首程度の武器があるだけだった。これでは敵対する者を、暗殺するのが精一杯だろう。

そう思っていたら、鮎沢伍長は意外なことを口にした。

「各務大佐には、特異な能力があるようです。秋津大佐は里崎少尉のことを、憶えておられますか」

唐突すぎて、すぐには誰のことだかわからなかった。記憶はわずかに遅れてもどってきた。秋津大佐が鮎沢伍長と、はじめて会った日のことだった。秋津大佐を取りかこんで罵倒した将校団のうち、一人だけ浮いた存在の少尉がいた。

将校団は解散を命じられたが、里崎少尉だけは連行されて取り調べを受けた。だが勾留は、短期間で終わった。外地への派遣が近いために、簡単な尋問を受けただけで放免されたらしい。思想的に影響を受けた人物や、背後関係の有無を念入りに質問された。

これは里崎少尉にとって、過酷な経験だったようだ。短期間とはいえ、勾留された事実は少尉をうちのめした。ひそかに将官への昇進を夢見ていたのだが、予期しない勾留でそれも望み薄になった。

気力を振りしぼって原隊にもどったものの、行動をともにした将校はすでに移動したあとだった。里崎少尉の存在だけが宙に浮いた格好になったが、任地は南方戦域のため一人では部隊主力を追うことも困難な状況だった。

「結局は留守部隊で補充兵の基礎教育を、担当することになったようですが——」

その後は無気力な状態がつづいていたらしい。一度は死を身近に感じていたものだから、内地での暮らしが馴染めなかったのかもしれない。その隙を、各務大佐につかれた。

「各務大佐が——」

予想外の展開だった。返す言葉を失って、秋津大佐は絶句していた。鮎沢伍長によれば各務大佐は、同様の手口で何人もの初級将校を配下に引きいれているらしい。鮎沢伍長のいう「特異な能力」というのは、気力の失せた陸軍将校を探し出す嗅覚の鋭さだろう。

あるいは眼をつけた初級将校を精神的に支配して、意のままに操る技術なのかもしれない。秋津大佐らによる和平工作を、阻止するためだ。まだ若い初級士官にしてみれば、満州で最初の戦闘が開始されたのは一五年前——つまり子供のころだった。

これでは和平工作といわれても、胡散くささしか感じないのではないか。彼らにとっては戦争状態こそが、常態といえるのかもしれない。

第二章　空襲

1

米軍が次にくるのは、硫黄島《いおうとう》らしい。

この点について、陸海軍の見解は一致していた。海軍軍令部の特務班と陸軍参謀本部の第二部第六課が、おなじ結論に達したともいえる。異論はなかった。フィリピンや沖縄では、ありえない。アドミラルティ諸島や、パラオでもなさそうだ。

大津《おおつ》予備中尉は早い段階で、次に米軍が上陸するのは硫黄島と予想していた。ところが昨年の暮れには、中尉の情勢判断を支持するものはほとんどいなかった。あれから一カ月も過ぎていなかったが、情勢は一変していた。

次の戦場は硫黄島だという共通認識が、できていたといえる。その認識を裏づける証拠は、昨年の暮れごろから連続して入りはじめた。中でも決定的だったのは、連合軍の対日基本戦略に生じた劇的な変化といえる。

欧州で勃発した二度めの大戦が、太平洋の全域と周辺地域にまで波及して三年がすぎようとしていた。だから情勢判断を、大きく誤ることはない。欺瞞《ぎまん》通信や偽装工作に、惑わされることもなかった。米軍のかかえる本質的な問題点も、自然にみえてきた。

――米軍には焦りがあるのではないか。

それが大津予備中尉の印象だった。開戦直後に戦地で隊付の情報将校として勤務していた時期をのぞいて、通信諜報や情報分析を担当する軍令部特務班判知部に籍をおいていた。

常駐していたのは敵信の傍受と方位探知に特化した大和田通信隊だから、米軍にあらたな動きがあれば真っ先に情報が伝わってくる。その上で、確信を持っていうことができた。米軍には焦りがある。だから次の大規模な上陸作戦は、硫黄島以外には考えられない。

連合軍は日本本土の完全な制圧を企図して、複数の進攻ルートにそって戦線を推進してきた。戦闘の最終段階で攻撃側は合流し、敵の本拠地に対する総攻撃で戦闘は終結する。それだけをみれば、日本陸軍が得意とする分進合撃と基本構想はおなじだった。

だが連合軍の基本戦略はそれよりも規模が大きく、戦争の全期間にわたって機能すると考えられる。主要な進攻ルートは二本程度だろう。中部太平洋を北上して東京近郊をめざすか、ニューギニア北岸からフィリピンと沖縄を経由して九州に上陸するかだ。

アラスカからアリューシャン列島を経由して千島列島を南下し、北海道の東部にいたるルートも考えられるが悪天候が連続するから積極的な部隊の投入は控えるのではないか。防御態勢を徹底した上で、哨戒と通信傍受に専念するのが正しい判断だと考えられる。

これに対して現在もっとも有力視されているのは、米海軍および海兵隊が主導する中部太平洋ルートだった。空母機動部隊を中核とした強力な航空戦力と、海兵隊などの水陸両用部隊による敵前強行上陸を多用して中部太平洋を東京に直進するのだ。

中部太平洋ルートに限ったことではないが、米軍による洋上進撃は飛び石を伝うようにして進展する。制空権を確保すれば、孤島の日本軍守備隊は無力化される。したがって、あえて上陸戦闘を強行するまでもない。

そのようにして要塞と化したラバウルやトラックは無視され、急速に移動する戦線に追いこされて遊兵と化した。飛び石間の距離は航空機の性能に左右されるが、陸上機が大型化した現在では一〇〇〇キロにも達する。

この数値を中部太平洋ルートにあてはめると、マリアナ諸島の最北端に位置する彩帆島《サイパン》から東京までは二三〇〇キロ前後も離れている。飛び石伝いに攻撃するには遠すぎるが、実戦投入されたばかりの重爆撃機B29なら充分に爆撃行が可能だった。

爆弾の搭載量にもよるが東京周辺や中京地区はもとより、京阪神の工業地帯にも戦略爆撃を加えることが可能だった。ただしマリアナ諸島だけでは、日本本土への進攻を支援するには不充分だった。

サイパンと東京の中間に——ということは双方から一〇〇〇キロ内外の距離に、もう一カ所あらたな航空基地を建設する必要があった。そのような地理的条件を満たしている島は、それほど多くない。小笠原《おがさわら》諸島の硫黄島と、父島《ちちじま》があるだけだ。

ただ父島は地形の制約があるために、短い工期で長大な滑走路を建設することが困難だった。日本海軍が運用している滑走路は全長五〇〇メートル程度だから、日本本土上空の戦闘で損傷したB29の不時着さえ困難だった。

しかも修理を終えた不時着機が、離陸することもできない。海を埋め立てれば滑走路の延伸も可能だというが、それくらいなら大型機用の滑走路を現に運用している硫黄島を占領した方が数段ましだった。

米軍にとって硫黄島は、進攻ルートを遮断する障害物などではなかった。早急に占領して基地機能を整備しなければ、日本本土にいたる中部太平洋ルートは価値を失う。それどころか対日基本戦略自体が、根底からくつがえされる可能性があった。

マリアナ諸島をめぐる日米の戦闘は、すでに四カ月ちかくに及んでいる。圧倒的な航空優勢と水上部隊による支援砲撃で、主要な三島——サイパン、テニアンそしてグアムの日本軍陣地は、徹底的に破壊された。少なくとも島外からは、そう感じられた。

これらの島々にはB29などの大型機が問題なく発着できたから、米軍は早期に戦闘を終えて飛行場の整備工事を開始しようとしていた。ところが最大規模の航空基地が整備されるはずのサイパンでは、現在も日本軍との間に熾烈な戦闘がつづいていた。

サイパン島中央部の山岳地帯を死守する日本軍は、連日の砲撃と硫黄島を発進した陸海軍機による空襲を反復して島の航空基地化を妨害していた。ときには戦線をこえて島の南部に進出し、海峡をこえてテニアン島の攻撃目標に翔竜を撃ちこんだこともある。

未確認ながら上陸間際だった米海軍の飛行場設営隊に、大きな被害をあたえたという情報さえあった。ただ残る二島——グアムとテニアンは防御工事が遅れ、サイパンよりも日本軍守備隊の戦力は劣っていた。

火砲や戦車などの兵器類も不足していたから、早い段階で組織的な戦闘は終わると予想されていた。実際に両島をめぐる大規模な戦闘は、短期間で終了した。そしてその直後から、米軍は大規模な部隊の交代を実施した。上陸戦闘で消耗した精鋭部隊は次の作戦にそなえて後方にさがり、兵員の補充と休養期間に入ったようだ。

後任の部隊として進駐したのは、占領後の警備を担当する軽装備の部隊だった。米軍らしい合理的な部隊配置といえるが、実は日本軍守備隊にも同様の動きがあった。巧妙に仕組まれた罠であり、新たな戦いのはじまりでもあった。

両島の日本軍守備隊は、米軍の上陸前に相当数がサイパンに移動していたのだ。二島に残留したのは、遊撃戦への移行を前提に編成された部隊だった。最大の戦闘単位が小隊程度で、機動力を重視した陸軍と海兵隊の混成部隊だった。

兵の数を減じたのは同士撃ちを避けるためというより、食糧と飲料水の確保に自信が持てなかったからだ。無論、飲料水は備蓄だけではまかなえない。隠し井戸を掘削し、地下水の誘導路を構築して確保につとめた。

その上で地形を熟知した強みを生かして、神出鬼没の戦いぶりをみせた。多用したのは、狙撃と待ち伏せ攻撃だった。地形のかげに隠された射座には狙撃手が配置されて、視野をよぎる米兵を狙い撃ちする態勢をとっていた。

攻撃手段は狙撃以外にもあった。待ち伏せ攻撃のための、見張りの拠点も構築された。各拠点は上空から隠蔽された通路で結ばれ、移動前に守備隊が構築した地下壕や陣地も利用された。占領地を警備する米軍の小部隊や、飛行場設営の作業班が頻繁に攻撃された。

ただ両島の全般的な戦況は、上級司令部でも把握できていなかった。両島で戦闘をつづけている将兵の数さえ不明だった。だが遊撃戦に移行してからの両島が、米軍の負担になっていることは間違いない。そのことは、サイパン島の戦況からも明らかだった。

最大規模の守備隊が駐留していたサイパンでは、三島の中で唯一の正規軍戦が展開されていた。日本軍守備隊は頑強に抵抗をつづけ、現在は島を二分した状態で米軍と対峙している。だが補給も増援も望めない日本軍に、勝機はなかった。

ただし勝てる可能性がないかわりに、戦線の全面的な崩壊も起こりそうになかった。上陸戦闘に特化した米軍の海兵隊が、ひそかに前線から引き抜かれている形跡があったのだ。無論、代替兵力は投入されている。

グアムやテニアンと違って、新たに投入された部隊は重火器類も充実していた。戦車や火砲は搬入されなかったようだが、上陸作戦時に持ちこまれた機材が引き抜かれた形跡もない。すると引き抜かれたのは人員だけで、機材は消耗するまで使い潰すのではないか。

――それでは引き抜かれた水陸両用部隊は、どの戦場に投入されるのか。

それが大津予備中尉の、当然の疑問だった。一時は遊撃戦術が効果をあげているグアムとテニアンに、増援として投入するものと考えていた。だが上陸直後からつづく激戦で、どの部隊も疲弊しきっている。消耗も激しかったから、後方にさげる潮時ではないか。

激戦で消耗した部隊を後方にさげて、戦力と士気を回復させるのは米軍の常套手段だった。したがって同一戦域にあるグアムやテニアンに、休養もとらせず消耗した状態で投入するとは思えない。一体、どこに投入する気なのか。

答は意外なところにあった。サイパン島から引き抜かれた水陸両用部隊は、硫黄島の上陸作戦に投入されるのではないか。フィリピンや沖縄を奇襲攻撃する可能性も捨てきれないが、普通に考えれば兵力が不足していた。

おそらくフィリピンや沖縄に対する上陸作戦は、硫黄島の数倍にも達する兵力が必要とされる。しかし硫黄島は地形的な制約があるから、それほど多くの上陸部隊が用意されるとは思えなかった。

完全編成の海兵隊が、予備戦力をふくめて三個師団というところではないか。これはサイパンから引き抜かれた戦力と、ほぼ一致する。米軍としては損害が大きくならないうちに敵前上陸の可能な部隊を引き抜いて、硫黄島に転用したい意向なのではないか。

ただし米軍が硫黄島の占領をいそぐ理由は、他にある。硫黄島を放置しておいたのでは、マリアナ諸島の飛行場は価値が半減するのだ。状況によっては、完全に無力化される可能性もあった。硫黄島を経由した米軍基地に対する空襲が、日常化していたからだ。

いまはまだ規模が小さく、みるべき戦果もなかった。だが日本本土に対するB29の空襲は、ようやく偵察が終わった段階だった。それにもかかわらず、被害は無視できなくなっている。傷口が広がる前に、硫黄島を占領すべきだと考えているのではないか。

サイパンに投入した精鋭部隊を引き抜いてでも、硫黄島は早急に片づけるべき存在のようだ。無論、日本軍機による空襲を阻止するだけが目的ではない。護衛戦闘機の基地として、あるいは本土上空で損傷を受けた機体の不時着地など価値は計りしれない。

そう考えていた。ところがこの一カ月ほどの間に、情況はさらに変化した。世界情勢を根底から覆しかねない情報が、多方面から伝わってきたのだ。ただちに信憑性が確認されたが、疑うべき根拠はなかった。

おそらく関係各国は、国家戦略の徹底した見直しをせまられることになる。そう大津予備中尉は考えていた。米軍が硫黄島の占領を急ぐのも当然だった。ここで方針を誤ると、開戦以来の戦闘行為がすべて無駄になりかねなかった。

めまぐるしい一日だった。

一度だされた命令が、何度も取り消されて新たな命令が伝えられた。そのせいで厚木基地は、一時的に機能が低下していた。基地に駐留している海軍第三〇二航空隊ばかりではなかった。別の基地に進出している分遣隊にも、影響が出はじめていた。

2

悪いことに三〇二空の小園司令は、この日の早朝から八丈島に出張していた。話をきいた蔵《くら》川《かわ》特務少尉は耳を疑った。三〇二空は関東地方における防空戦闘の要《かなめ》であり、最大級の防空戦闘機隊を有する海軍部隊だった。もしも空襲があれば、司令は陣頭指揮をとることになる。

しかも以前から計画されていたマリアナ諸島の報復攻撃が、今日の午後にも開始される可能性があった。その大事な時に司令が不在では、予想外の事態に対応できなくなる。どれほど重要な要件なのか知らないが、この時期に不在なのは無責任といわざるをえない。

夜間戦闘機「極光」搭乗員の蔵川特務少尉は、落ちつかない思いで愛機を点検していた。小園司令は夜明け前に輸送機で発進したから、午前中には帰ってくるはずだ――そう考えて時間がすぎるのを待ったが、小園司令からは連絡ひとつなかった。

気は焦るものの、蔵川特務少尉にできることは何もない。身も蓋もなく断じるとすれば、少尉には無関係な話といっていい。少尉は特務士官だから、航空隊の指揮権を継承できなかった。

したがって司令が不在でも、責任を問われることはない。

　搭乗員としての責務だけ果たせば、あとは我関せずですませることもできたのだ。そうしなかったのは、何らかの事情が感じとれたからだ。海軍航空隊の面子もあった。協定により三〇二空は、東部軍の指揮下で防空戦闘をおこなうことになっている。

　したがって海軍第三〇二航空隊の司令といえども、陸軍の東部軍司令部――関東および周辺地域の防空戦闘を担当――に無断で、厚木を離れられないことになる。少なくとも建前上は、そうなっていた。

　八丈島は感覚的に本土のようなものだが、米軍機と遭遇する可能性はあった。最悪の場合は撃墜されて、陸軍部隊に遺体の捜索を依頼することにもなりかねない。そこまで事態が悪化しなくても、事故が発生して陸軍基地に不時着ということもありえた。

　事態は唐突に動いた。正午きっかりだった。硫黄島の海軍基地から、入電があったのだ。海軍暗号ではなく、飛行兵が多用する通信略号のようだ。最初に「コノ」と発信したあと「トツレ」とくり返して終わった。

　それだけだった。通信兵から電文を受けとった副長の宇志津《うしつ》中佐が、ぼやくような口調でいった。

「これで終わりか……。あいかわらず司令は、無茶をする。八丈島といっておきながら、硫黄島まで出張ったらしい。しかも戦闘中でもないのに、略語を使っている。発信者が『コノ（小園）』で、本文が『トツレ（突撃隊形作れ）』ということらしい」

「陸軍に話が伝わると、厄介なことになります な……。それよりも無線信号の私的な使用が、問題になるかもしれません。いまのうちに、手を打っておいた方がいいかも——」

電文を手渡された通信長が、苦労人らしく老成した顔つきで応じた。事前に打ち合わせをしてあったようだ。正午に小園司令から「トツレ(突撃隊形作れ)」の略号が入電すれば、即座に翌早朝からの米軍基地攻撃にむけて動きだす手はずになっていたらしい。

だが居あわせた蔵川特務少尉には、違和感の残る会話だった。詳細な事情は不明だが、小園司令が遊びで硫黄島に飛んだわけではないだろう。マリアナ諸島の襲撃にそなえて、何か重要な用件があったのではないか。

そう思ったが、口出しをする気はなかった。その余裕もない。待機状態をつづけていた発進作業が、混乱の中で再開された。明朝の黎明《れいめい》時に予定されているグアムおよびテニアンの空襲にそなえて、遅くとも今日の日没までに硫黄島へ進出しなければならない。

本来なら午前中の早い時間帯に発進して、正午までには硫黄島に到着する予定になっていた。さもなければ、搭乗員に負担がかかりすぎる。明日は夜明け前から一〇〇〇キロあまりを翔破した上で、敵陣に斬りこむことになる。無理はさせられなかった。

そんな強い思いにもかかわらず、移動を開始できたのは午後だった。予想外の事態が発生すれば、硫黄島に到着するのは日没後になりかねない。搭乗員の負担が大きくなるだけではなく、事故が発生する可能性もあった。

　攻撃の主力は二〇機の零式艦上戦闘機で、これに父島の一式戦闘爆撃機が加わる。一式戦爆は稼働機が一〇機に満たず、本来は海兵隊第一連合機動部隊指揮下の航空隊としてマリアナ諸島全域の防空戦闘を担当していた。それが米軍の空襲激化により、父島に移駐していた。

　したがって地の利はあった。島内にひそむ遊撃戦要員との連携も、期待できた。夜明け前の薄闇につつまれた攻撃目標でも、確実に捕捉できると考えられた。無論これは一式戦爆に、かぎったことではない。

　零式艦戦の搭乗員にも、夜間発進や闇夜の飛行をこなせる手練れを揃えてあった。その上に艦戦と戦爆の掃射に先だって、陸上爆撃機による緩降下爆撃が予定されていた。担当は三〇二空の陸上爆撃機「銀河」と、一式陸上攻撃機だった。

　予定どおりなら滑走路と周辺の誘導路に被害をあたえて、Ｂ29を釘づけにすることになる。だから万にひとつも、仕損じることはないはずだ。明日の黎明時には、マリアナ諸島のＢ29は殲滅される。

　出撃にそなえて燃料や爆弾を満載にしたＢ29が、無防備な状態で滑走路の端に列をなしているのだ。二〇ミリ機銃で掃射すれば、簡単に炎上するものと思われた。ただし、それには条件があった。明日が「その日」でなければならなかった。

　もしも天候が安定していなければ、Ｂ29の日本への出撃は延期になる。機体は掩体の後方にもどされるか、もしくは最初から引きだされることがない。燃料は注入されず、爆弾も弾薬庫にもどされて機体とエンジンが整備される。

そのような事態を想定して、対地攻撃の主力を艦戦と戦爆にしたのだ。掩体ごしに銃撃することも考えていたが、あまり効果は望めなかった。ただ悪天候のせいで、攻撃が空振りに終わる可能性は低いと考えていた。

グアムやテニアンには、現在も多数の遊撃戦要員が行動している。日本本土との直接交信や戦況報告などは無理でも、サイパンの陸海軍部隊が情報電を中継する態勢はできていた。気象情報の送信程度なら、充分に可能らしい。

遊撃戦要員やサイパンから一時的に帰国した参謀の報告をもとに、作戦は立案された。情報によれば大規模な出撃の前兆は、数日前からあるとのことだった。普段よりも警備が厳重になって、飛行場の周辺には容易に近づけなくなるという。

ただし、どこを爆撃するかまではわからない。これまでに何度かＢ29の編隊が出撃していたが、攻撃目標はいずれもトラックや硫黄島だった。だから「明日以降」の空襲が、東京にむかうとはかぎらない。

最近は東京近郊の軍需工場上空に、偵察機型のＦ13が何度か侵入している。トラックや硫黄島のときがそうだったから、いずれ東京とその周辺にも大規模な爆撃が開始されると予想された。それなら先手をうって、離陸前のＢ29を地上で撃破すればよかった。

そうすればＢ29の爆撃目標が、どこであろうと関係ない――とはならなかった。実際には少なくない影響が生じる。目標が変化すれば爆撃計画を修正せざるをえないから、離陸の時刻も必然的にずれ込んでくる。

極端なことをいえば、昼間爆撃が夜間爆撃に切りかわることもあるのだ。対策としては、計画に柔軟性を持たせるしかなかった。攻撃の主力を零式艦戦と一式戦爆にしたのは、大口径機銃で地上を掃射する方が効果的だからだ。

一式陸攻や銀河を攻撃の主体にしたのでは、攻撃開始時刻が夜に入ると効果が期待できなかった。ところが陸攻の投弾が従で単座機による地上掃射を主とすれば、夜間であってもある程度の戦果は望める。

昼間ほどの効果はなさそうだが、米軍の戦略爆撃計画を頓挫させることは可能だろう。防空火網の充実した敵基地を、鈍重な陸攻で急襲して大被害をだすより数段ましだった。ただし、それでもまだ問題は残る。

往復五〇〇〇キロ近い距離を飛翔させた上で、単座機に戦闘までまかせることになるのだ。一式戦闘爆撃機は海軍航空隊の零式艦戦を、海兵隊仕様にあらためた多用途機だった。防弾装備を充実させた上で、多様な爆撃にも対応できる構造になっていた。

基本的構造は零式艦上戦闘機のものを引き継いでいるから、長所ばかりではなく弱点も共通していた。防御が充実しているとはいえ、原型の零式艦戦よりは多少ましという程度だった。機体重量は増大したものの、航続距離の長い点は生きている。

だが単座機としては足が長くても、本土から長駆してマリアナ諸島を襲撃するのは不可能だった。中間点の硫黄島で補給しても、まだ航続距離が不足している。一航過で地上襲撃が終わればいいが、どんなときにも予想外の出来事は発生する。

攻撃目標の確認や迎撃戦闘機の排除に手間取れば、たちまち帰路の燃料を使いつくす。かといって、片道飛行を前提に送りだすことはできない。必死攻撃は、選択肢に入っていなかった。残された方法は、サイパン島北部の滑走路を利用することだった。

周辺の制空権は米軍の手中にあったが、島の北部にある滑走路だけは機能を維持していた。小型の連絡機や輸送機は、現在でも発着している。航空燃料の備蓄量はそれほど多くないが、最悪の場合でも搭乗員だけは送り返せるはずだ。

時間の感覚が、普段とは違っていたようだ。三〇二空の零式艦戦が、稼働機のほとんど全数を出動させるのだ。手伝うべきことが多すぎて、飛ぶように時間がすぎていく。やがて洋上航法と先行偵察などを担当する偵察機を露払いに、二〇機ほどの編隊が離陸した。

そして見送る要員の視野から消えた。ようやく混乱は収拾された――かにみえた。小園司令からは何も連絡がないが、おそらく帰路の途上にあるのだろう。正午すぎに硫黄島をでたとしても、日没までには余裕をもって厚木に到着するはずだ。

そう考えて、安堵の息をついた。だがそれは、蔵川特務少尉の早合点だった。今度は八丈島からだった。輸送機には無線通信機が搭載されていないのか、さもなければ使いものにならないほど感度が悪いようだ。

発信者は八丈島の海軍航空隊だったが、やはり「コノ」発信が冒頭についていた。そのあとの本文は、例によって単純なものだった。ただ「ヤセン」連送をくり返している。宇志津副長が、首をかしげていった。

「『ヤセン』などという通信略語が、あったかな……。何かきいているか？」

問われた通信長が、困ったような顔で首を横にふった。単に打ち合わせをしていないだけではなく、見当がつかないようだ。成りゆきをみていた蔵川特務少尉は、口をはさむかどうかで少し迷った。

司令につぐ地位にある宇志津副長と、通信長が解釈できずにいるのだ。下士官あがりの特務少尉ごときが、横から口をはさむべきではない――そう考えたからだが、すぐに思いなおした。問われた通信長が、予想に反した返答をしたからだ。

「司令の到着まで、待つべきではないでしょうか。八丈島から飛行機を利用すれば、一時間もあれば――」

その一時間が待てないから、わざわざ連絡してきたのではないか。八丈島に予定外の着陸まで して――そう思った時には、声が出ていた。ただし口調は、穏やかなものだった。ことさら丁寧な物腰で、蔵川特務少尉はいった。

「あの……『ヤセン』は夜戦――つまり夜間戦闘機のことではないでしょうか。陸攻や陸爆が発進したあと、ただちに夜戦隊もあとを追って離陸するべきです。そうすれば明朝はやい時間帯の先行警戒までには、余裕をもって硫黄島に到着できます」

ひと息でいった。気負いはなかった。ただ

淡々と、事実を伝えただけだ。

3

今回の空襲については、むしろ搭乗員たちの方が詳細を知っていた。

宇志津副長や通信長が、不勉強だというのではない。基本方針を練る段階で熟練搭乗員が特に集められて、小園司令から長時間にわたる聴取を受けたのだ。夜間戦闘における米軍航空隊の動きについて、小園司令は熱心に質問をむけていた。

司令自身も搭乗員出身だから、米軍夜戦隊の動向は――ことに陸上配備型の夜戦に関しては、他の戦闘機よりも興味があるようだ。そのせいで今回の奇襲にかける司令の思いは、宇志津副長以下の航空隊幹部よりも搭乗員の方がくわしいという妙なことになった。

米軍の保有する夜間戦闘機隊は、マリアナ諸島をめぐる戦闘で大きな被害をだしたらしい。ただしそれは航空母艦に搭載された夜間戦闘機に関する情報で、陸上基地から出撃する夜戦は現在も手強い存在であるようだ。

空母搭載型の夜戦隊も再建途上にあるというから、蔵川特務少尉らにとっては油断のならない状況といえた。グアムやテニアンには、すでに最新型の陸上型夜戦が配備されているという。

少尉自身は「極光」隊に配備されてから、敵夜戦との本格的な交戦は経験していない。ただ、間近に接近していた可能性はあった。軍令部特務班からの通報も、この推測を裏づけていた。前年の中ごろには、新型夜戦が欧州戦線に投入

P61ブラックウィドウ夜間戦闘機

された形跡があるという。

ことによると出撃を控えたこの時期に、小園司令が出張を強行したのも、それが理由だったのかもしれない。つまり交戦の機会がなかっただけで、実際には基地航空隊所属の敵夜戦が間近に迫っていた可能性はある。

根拠のない憶測ではなかった。状況が許せば小園司令は、機上から陣頭指揮をとりたい意向のようだ。敵の動きを直《じか》に感じとって、状況の変化に対応したいのではないか。その覚悟がなければ「超空の要塞」B29群の殲滅は、困難だと考えているらしい。

ただし小園司令自身が、陣頭で指揮するのは現実的ではない。三〇二空の司令は攻撃隊の指揮官であると同時に、米軍が反転して攻撃に転じたときには防空戦闘の責任を負うことになる。


わずかでも油断すれば、防御態勢の隙をつかれるおそれがあった。

経験した者は誰もいないが、B29による空襲は終わりのない波状攻撃になりそうだ。出口のみえない迷路に追いこまれたかのようで、気づいたときには大量の出血をしいられている。あるいは真綿で首を絞めるような消耗が、延々とつづくことになる。

そのような事態から抜けだす方法は、かぎられている。米国本土に乗りこんでB29をはじめとする戦略爆撃機の生産を停止させるか、飛来するB29を片端から叩き落とすかだ。だが軍事的に米本土まで攻めこむのは、さすがに無理があった。

政治的に阻止する——和平交渉に期待するしかないが、いまの段階ではこれも無理だった。

それなら第二の方法を、徹底するしかない。できるかぎり敵の策源地に近づいて、攻撃の密度を高めるのだ。

消極的になっては、ならなかった。日本軍がマリアナ諸島に近づいて航空撃滅戦をしかければ、米軍もサイパンや硫黄島の航空施設を攻撃してくる。日本軍はただちに破壊された施設を修理し、残存機材をかき集めて再度の攻撃をしかける。

そして一方が音をあげるまで、破壊と消耗の連鎖がくり返される。かつて小園司令はラバウルで、同様の消耗戦を経験していた。だからこそ、緒戦が大事なことを知っているのだ。先手を打って米軍の出鼻を挫けば、その後の戦闘はずっと有利になる。

だから失敗は許されなかった。ただし今回は陸軍航空隊の協力は考えず、三〇二空が独自に実施する気でいた。陸軍航空隊の可動機をのこらず出撃させれば、三〇二空の全航空戦力に加算されて破壊力は数倍にもなる——などという単純なものではない。

陸軍の搭乗員は洋上飛行に不慣れで、機体の構造も陸上での使用を前提にしていた。だから、海軍機と同一行動をとるのは無理があった。いずれは陸海軍機が編隊を組んで戦闘行動をとることも考えられるが、今回は三〇二空かぎりの作戦とするのが無難だった。

理由は他にもあった。本土に拠点をおく陸軍航空隊は、防空戦闘の専任部隊ではない。戦闘で消耗した部隊の補充再建や、新規機材の教育訓練などを担当する教導隊としての性格も強かった。訓練未了のまま防御戦闘ですり潰せば、操縦者の補充が追いつかなくなる。

それどころか敵の動きを読み違えていたら、がら空きになった日本の空を敵機に蹂躙されかねない。この点については小園司令にも、定見はなかったようだ。ただ関東地区の陸軍防空部隊を統括する東部軍司令部には、計画の概要程度は通告していたらしい。

その上で「早ければ」明日早朝から、グアムとテニアンを襲撃することを知らせていたようだ。ところが指揮官代行の宇志津副長には、詳細な計画を話さなかった。これほど早くB29が本土にくるとは、思わなかったらしい。そして作戦計画の起案は、先送りされた。

蔵川特務少尉が詳細を知ったのは後になってからだが、出張を計画したとき小園司令はB29の本土空襲までにはまだ余裕があると考えていた。ところが硫黄島に足を踏みいれた時点で、小園司令は不穏な状況に気づいたらしい。

守備隊を指揮する小笠原兵団の司令部が、燃えさかる炎のような興奮状態にあったのだ。原因は軍令部特務班による今朝の敵情通報だった。明日の未明にグアムおよびテニアンを、大規模な爆撃機の編隊が発進する可能性が大であるとのことだった。

さらにグアムやテニアンの残留部隊からも、これを裏づける情報が入っていた。整備された飛行場の周辺で、警備が厳重になりつつある。さらに滑走路を遠望できる高台には、巧妙に視野をさえぎる遮蔽物が設けられていたらしい。

それだけわかれば充分だった。B29の全力出撃が近いことを知った小園司令は、ただちに厚木にもどることを決めた。その一方で、当地の通信隊に依頼して略語だけの電文を打った。「トツレトツレ」とだけ送信させたが、厚木は理解したはずだ。

混乱の中で夜戦隊の存在だけが、宙に浮いた格好になった。おそらく小園司令自身も、細部までは詰めていなかったのだろう。八丈島に着陸したとき、念を押すように「ヤセン」とくり返しただけだ。

無論この時点では要員の誰も、小園司令の真意をきかされていなかった。ただ搭乗員のほとんどは、司令の心情を察していた。その上に、時間も限られていた。小園司令の帰着を待っている余裕はない。

夜間戦闘機隊では最先任の蔵川特務少尉が、独断で大型夜戦「極光」四機の出撃準備を手がけることになった。宇志津副長は納得のいかない様子だったが、制止しようとはしなかった。問題が起きれば責任をとる覚悟はあるものの、積極的に賛成する気もないらしい。

蔵川特務少尉としては、全面的な支援を約束されたようなものだ。そう考えて、勢いこんで発進準備に着手した。ところが全般的な作業の指揮に慣れないものだから、予想外の時間がかかることになった。

ようやく全機のエンジン始動したときには、通常の倍ちかい時間がすぎていた。だが、まだ離陸はできない。寒風の吹きすさぶ滑走路の端で、極光のエンジンは冷えきっていた。充分に暖機運転をしなければ、エンジンが息をついてしまう。

はやる気持を抑えて、エンジンが暖まるのを待った。ところがエンジン音が安定するよりも先に、発進指揮官が信号旗をふった。少尉は眉をよせた。「発進待て」の合図らしいが、指揮官の隣には宇志津副長の姿がみえた。

副長はしきりに滑走路の端を指さして、夜戦隊に何ごとか伝えようとしている。その意図は、すぐにわかった。滑走路の延長線上——南の空に、機影があらわれていた。急速に接近して、着陸する態勢をとりつつある。

——遅かったか。

直感だった。予想時刻よりも早く、小園司令が帰ってきたらしい。強引に割りこめば夜戦隊の離陸は可能だが、それでは事故がおきる可能性があった。すぐに機影は大きくなって、基地要員が見守る中で着陸態勢に入った。

よほど急いでいるのか、乱暴で強引な動作で接地した。そのまま向かい風に抗して、滑走をつづけている。まだ速度が充分に低下しないうちに、乗降用の扉が勢いよく開いた。開いた扉から半身を突きだした通信兵が、しきりに通信灯を点滅させている。

「大至急……貨物自動車をよこせ——ですか。なんとも忙しい司令ですな」

後席の浅嶋《あさじま》兵曹が、呆れたようにつぶやいた。蔵川特務少尉は無言のまま、減速しつつある輸送機をみていた。すぐに建物のかげから、トラックがあらわれた。輸送機には重量物が積みこんであるらしく、速度が容易に低下しなかった。

主脚もかなり沈みこんでいたが、搭乗員は強引に減速をつづけた。いまにも主脚が折れそうだったが、搭乗員は機体の限界を見極めていた。まだ輸送機が停止しきらないうちに、トラックが滑走路に乗り入れた。

輸送機と併走しながら、滑走路の端に誘導した。間もなく輸送機は停止した。トラックは輸送機に寄りそうような格好で停車している。別に打ちあわせなどした形跡はないのに、胴体側面の扉がトラックの車体で隠されていた。

「どうする……気なのでしょうか。ただちに離陸しないと、今夜の硫黄島防衛は不可能になりますが――」

浅嶋兵曹が、心配そうにいった。蔵川特務少尉は、こたえなかった。「発進待て」の信号旗は、高く掲げられたまま降ろされる様子もなかった。

4

ほんの少し迷ったあと、蔵川特務少尉は極光の暖機運転を中止させた。

詳細な状況は不明だが「発進待て」の指示が、簡単に解除されるとは思えなかった。指示を出した司令代行の宇志津副長は、輸送機から降りた人物と何ごとか話しこんでいる。トラックの車体に隠れているが、相手が小園司令なのは間違いない。

副長はトラックの助手席に乗って、輸送機に近づいたようだ。独自の判断で夜戦隊を待機させたものの、そのことの是非を確認したい意向のようだ。だが姿のみえない司令の対応は、副長の判断を肯定しているとしか思えない。

つまり移動自体が延期あるいは中止になったと考えてよさそうだ。それに気づいたことで、どっと疲れが出てきた。夜戦隊の周囲で待機していた整備員たちも、生気が抜け落ちたかのような顔をしている。

輸送機の周辺では、搭載物資の移送作業が開始されていた。輸送機に搭載されていた物資が、手際よくトラックに積みこまれていく。攻撃が中止になったことで、士気は弛緩気味のようだ。なんとか踏みとどまっているのは、次の任務が追加されたからだろう。

輸送機には物資の他に、重要人物も同乗していた。話しこんでいた司令と副長が、ふいに会話を途切れさせてふり返った。威儀をただして、輸送機を降りた人物に敬礼している。そのままトラックの助手席に乗りこんだらしいが、車体のかげに隠れて正体はわからない。

ただ海軍大佐の小園司令は、八丈島からの帰路おなじ輸送機に乗りあわせていた。相手が海軍の将官なら、あらためて敬礼するまでもない。蔵川特務少尉はもとより、浅嶋兵曹にも敬礼の義務はなかった。すると陸軍の将官か、文民なら陸軍将官相当の高官になる。

すぐに積みかえは終わった。エンジンを停止した輸送機は、格納庫に移動していく。荷を積みこんだトラックが、やかましい音をたててエンジンを始動させた。武装した海兵隊員が二人、サイドステップに足を乗せてトラックを護衛する体勢をとっている。

だが蔵川特務少尉には重要人物に敬意を払って、海兵隊員が同行しているとは思えなかった。どちらかというと部外者に、基地の内部をうろついてほしくないようだ。

——ということは、部外者は文民ではなく陸軍さんか。

そう考えるのが、自然な気がした。基地の外に走り去ったトラックを見送りながら、蔵川特務大尉は待機していた整備員に声をかけた。エンジンを停止したことで、機体が急速に冷えこんでいくのがわかる。それとともに、基地をおおっていた熱気も去っていた。

先ほどまで輸送機が駐機していた場所には、何も残っていない。小園司令は何ごとか考える様子をみせながら、航空隊の建物にむかって歩いていく。宇志津副長は急ぎ足で、移動準備をはじめた夜戦隊に近づいてきた。

蔵川特務少尉に話があるらしく、しきりに手で合図をしている。少尉はすばやく操縦席から抜けだした。あとのことを浅嶋兵曹と機つきの整備員にまかせて、地上に飛び降りた。出撃を見送るつもりで駐機場に出てきた者たちも、二人を遠巻きにしている。

宇志津副長は性急にいった。

「『コノ』による『ヤセン』入電のあと、状況が変化した。情勢判断をやり直した結果、副長権限で空襲の計画は中止とした。夜戦隊は現状のまま待機となる」

それまでの緊張感が、すっと抜け落ちていくのが感じられた。すでに機体は滑走路を離れ、掩体に移動しつつあった。機体にとりついていた整備員たちに、いまの言葉が届いたとは思えない。

それにもかかわらず、少尉の落胆は伝わったようだ。人力で移動する機体の速度が、あきらかに落ちている。釈然としない思いで、蔵川特務少尉は問いただした。

「中止を決断された根拠を、聞かせていただけますか」

このままでは、他の搭乗員も納得しないだろう――という言葉は、口に出さなかった。それでも副長の決断に納得がいかないことは、顔つきに表れていたはずだ。だが宇志津副長は鷹揚だった。辛抱づよく説明した。

「新たな情報が、二件とどいている。一件は彩帆島《サイパン》に駐留する海兵隊の、気象観測班による情報だ。明日の未明からマリアナ諸島では、悪天候が連続する可能性が大であるらしい。未確認ながら、熱帯性低気圧が発生しているとの情報もある。

　現在までに大宮島《グアム》などの部隊から、矛盾する情報は入っていない。したがって燃料および弾薬を満載した大型機の発進は、非常に危険であると推測される」

「海兵隊の……気象観測班、ですか？」

　そんな部隊のことは、聞いたことがなかった。実際に存在していたとしても、天候の予測が的中するとはかぎらない。内地の予報でさえ外れることが多いのだから、占領地の天候予測があてになるとは思えなかった。

　下駄を蹴り飛ばして表か裏かで占うよりは、多少ましな結果になるという程度ではないか。そのような思いが、顔に出ていたようだ。宇志津副長は、咳払いをしていった。

「俺もくわしいことは知らんが、判断の参考程度にはなるようだ。少なくとも天気俚諺《りげん》（ことわざ）よりは、的中率が高いらしい」

　おなじことだと、少尉は思った。むしろ天気俚諺は蓄積された経験則であるだけに、真実をいいあてている可能性は高い。しかし数年程度の駐留経験しかない海兵隊が、有効な方法をみつけだせたとは思えなかった。

――それとも飼い猫を観察して、毎日「顔を洗う」行為の有無を確認しているのか。

ふと、そんなことを考えた。だがそれは、少尉にとって想像しづらい状況だった。精強で勇猛さを誇る帝国海兵隊に、愛玩用の猫は似つかわしくなかった。絞めたあと鍋で煮て酒肴として食うか、皮をはいで防寒着の襟に仕立てるといった用途しか思い浮かばない。

「情報は、もう一件ある。洋上に配置されていた我が方の哨戒特務艇が、米空母機動部隊らしきものを発見した。北太平洋を横断して、日本の東方海上に接近しつつある。なお通報してきた哨戒特務艇は、隣接する哨区の艇とともに消息を断っている。

おそらく交戦の結果、沈められたものと思われる。通報のあった位置からして、明日の午後はやい時刻には母艦搭載機が東京および関東に来襲すると予想される。三〇二空は全力をあげて、迎撃することになるだろう」

あっと思った。同時に武者ぶるいがきた。だが可能性としては、当然ありうることだった。むしろ定石といっていい。最初に敵は母艦搭載機で、大規模な航空撃滅戦を実施するつもりだった。それによって本土上空の制空権を、入手しようとしたらしい。

その後にB29を投入して戦略爆撃を実施すれば、効率よく日本の継戦能力を奪えるはずだ。具体的な攻撃目標は、いくつか考えられる。三菱や中島などの航空機工場を破壊すれば、短期間で日本の戦力を低下させることが可能だった。

無論、造船所や製鉄所などの重工業地帯も格好の攻撃目標となる。航空機工場ほどの即効性はないものの、長い時間をかければ日本は弱点を締めあげられる。さらに長期的な視野に立てば、人口密集地の無差別爆撃もありえた。

非戦闘員を殺傷することになるが、労働力を減少させて総力戦の継続を困難にすることが可能だった。同時に爆撃によって恐怖心を煽りたて、厭戦《えんせん》気分を蔓延させる効果も期待できた。前線の将兵も故郷の街が焼かれ、家族が住む家を失ったと聞けば士気は低下する。

「だから最初に殲滅する敵は、敵空母機動部隊だ。夜戦隊は厚木で待機。硫黄島に移動を終えた機は、父島に再移動ののち当地で別命あるまで待機とする。小園司令も、この件についでは了解された。何か質問は」

質問などなかった。かりにあったとしても、公然と口にするのは躊躇われた。厚木基地に生じた混乱は、まだ収束していなかった。その処理のためにも副長は早急に説明を切りあげて、小園司令の手助けをしてほしかった。

わずかに間をおいて、少尉は「特にありません。了解しました」と応じた。宇志津副長は軽くうなずいて、基地棟の方に去っていった。それで事態は収束するはずだった。少なくとも収束にむかって、動きだすものと思われた。

少尉としては、できるかぎりの助力をするだけだ。そう考えて、周囲に群がる下士官兵を順にみていった。もともと士官の数は多くなかったし、古参の搭乗員はほとんど出撃している。隊に残っているのは、経験が不充分な若年兵《ジャク》ばかりだった。

そのせいで、下士官兵の動揺をしずめるものがいなかった。声をかけて解散させるべきだが、何といって説明すればいいのかわからない。群がる下士官兵の多くは、副長による状況説明を耳にしていたはずだ。

それでも不安が払拭されないものだから、この場に残っているのだろう。さらに踏みこんだ説明を、蔵川特務少尉にもとめているのではないか。ここで対応を誤ると、かえって混乱がひどくなるばかりだった。

少尉自身も事情を知ったばかりだが、それを下士官兵に伝える義務があった。動揺を抑えるためだ。これ以上、宇志津副長をわずらわせることはできない。まして小園司令に、余計な仕事を持ちこむことは許されなかった。

さもなければ初級の士官搭乗員でしかない少尉に、あえて最新の状況を伝えるわけがない。つまり少尉を士官ではなく、先任下士官のさらに上位の存在と認識していたのだ。言葉をかえると肩書だけは士官で、現実は士官として扱われていなかったことになる。

だから他の搭乗員の視線も、意識していたと思われる。下士官搭乗員からみても、蔵川特務少尉は彼らに近い存在だった。蔵川特務少尉に対する扱い方を間違えると、三〇二空の下士官兵全員から反発をまねきかねなかった。

ただ蔵川特務少尉としては、現在の状況を無条件に受けいれる気はない。士官でも下士官でもない「特務」少尉の階級は、居心地がいいが満足はしていなかった。制度改革によって「特務」の文字が消えたとはいえ、実質的には何もかわっていないといっていい。

だからこそ、自分自身がかわらなければならないのだ。自覚が足りなかったのかもしれないと、蔵川特務少尉は考えていた。少年のころから海軍航空一筋に生きてきたものだから、他の世界のことは何も知らなかった。

——それなら最初は、優秀な海軍士官になるところから始めるべきだ。

そう考えた。そして蔵川特務少尉は、集まった下士官兵に声をかけた。

第三章　極東戦略

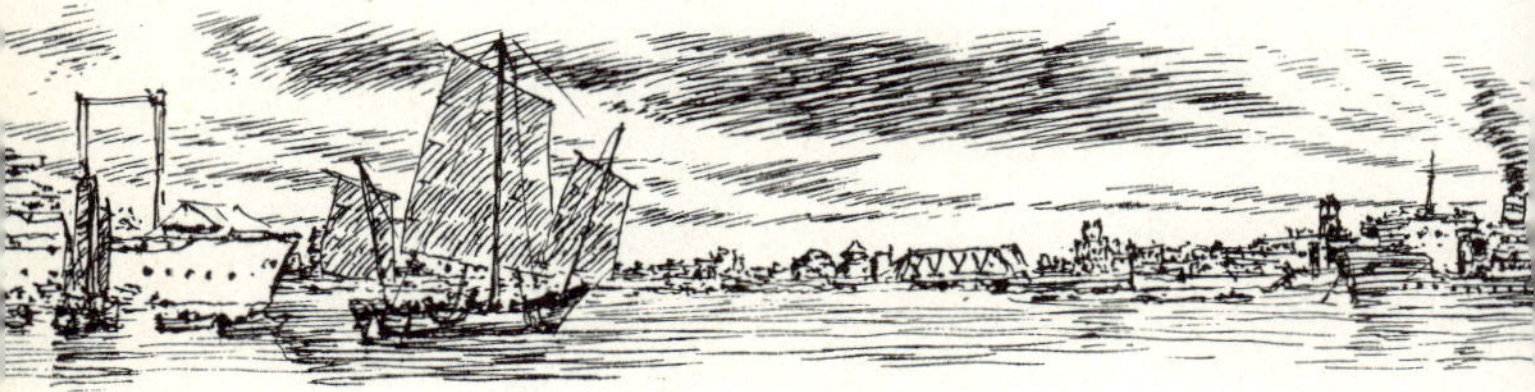

1

発端は上海《シャンハイ》だった。

当地に駐屯する日本軍の海兵隊司令部に、国民政府の高官が代理人を通じて接触してきたのだ。権力闘争の末に失脚した高官が、かつての政敵に命をねらわれているらしい。あまりに長くおなじ地位についていたものだから、多くのことを知りすぎてしまったようだ。

危険にさらされているのは、当事者の政府高官——閻烈山《えんれつざん》将軍だけではなかった。波須田貴《はすだき》一《いち》を名乗る代理人はもとより、一族の女子供にまで累がおよぶという。たとえ閻将軍が死んでも、全員の記憶をえぐり取るかのような追及がつづくらしい。

それだけなら、日本とは無関係な話だった。内政に関わることだから、不干渉の立場を通せばよかった。応対した海兵隊主計長の富和田《とみわだ》少佐は、最初のうちその程度に考えていた。

門前払いをせずに応対したのは、主計長が海兵隊司令部でもっとも波須田に近い人物だったからだ。以前からの顔見知りだったから、波須田は最初のうち世間話のように切りだした。そして富和田主計長が隙をみせた瞬間に、度肝を抜くようなことを口にした。

実は闇将軍が知りえた情報の中には、日本の存亡にかかわる機密事項もふくまれているらしい。そのせいで波須田は、第三国の諜報員からも追われることになった。時間的な余裕はなかった。闇将軍は現在、一族の者たちとともに故郷の村で暮らしている。

山塞のような構造の館だから、航空機や火砲を投入しなければ攻め落とすのは無理だと考えられる。かといって、いつまでも籠城をつづけることはできない。さしあたり南京《なんきん》を離れて上海で機会を待つことも考えたが、ここは南京よりも危険な魔都だった。

魑魅魍魎《ちみもうりょう》が跋扈《ばっこ》するかのような上海で、国民政府は第三国と渡りあっていた。権謀術数は南京でも見聞きしていたが、ここでは何倍も熾烈で危険だった。誰もが漁夫の利をえようとして、死闘をくり返していた。

海兵隊の駐屯地にいると気づかないが、いずれ上海も普通の感覚では住めない街になる。租界の返還にともなって治安状態が悪化し、誘拐や殺人もいとわない特務工作の領域に入りこむことになるだろう。

このとき国民政府は、参戦国ではなかった。フランス租界をはじめ各国の共同租界は国民政府に返還され、一〇〇年あまりにわたって維持されてきた事実上の植民地支配は実質的に消滅していた。

したがって現在の上海は、中国沿岸部の一地方都市でしかない。その一方で南京政府の統治がおよばない魔都としての側面も、あわせ持っている。南京政府や関係各国の追及を受けつつある闇将軍は、日本政府による保護と生活の保障をもとめているらしい。

成りゆきで応対することになったが、富和田主計長にとっては厄介な問題だった。無下に断れない事情があったからだ。流暢な日本語を話すことから在留邦人だとばかり思っていたが、波須田は中国人だった。日本語の他に英語やフランス語も話すことができた。

おそらく二〇代のころ、日本に留学したのだろう。それ以外には欧州にも、遊学していた可能性があった。単に語学ばかりではなく、世界情勢を見通す眼も的確だった。外見は四〇歳前後にしかみえないから、闇烈山の実子である可能性もあった。

だが富和田少佐がそのことを知ったのは、後になってからだった。普段の波須田は出入りの業者として、雑多な物品を海兵隊に納入していた。個人経営の貿易会社を経営していたから、小口の交換部品や商品見本の輸入にも応じてくれた。

そのせいで前任の主計長が在籍していたころから、便利屋的な使われ方をされていた。商用で帰国するときなどに、主計科員から私的な用件を依頼されることも多かった。それが、油断になった。通常は欠かすことのない身元の確認を、省略していたのだ。

結果的に得体のしれない人物が、出入りしていたことになる。不用意な話だが、在外公使館なら、こんな失策はおかさなかったはずだ。前任者から申し送りを受けた業者であっても、身元確認は厳重におこなうのが原則だった。機密保持のためだ。

ただ日本公使館で人の出入りを監視しても、意味がなかった。波須田は日本国籍を有していないが、単独なら日本への渡航は困難ではない。日本人にとって上海は、旅券なしでいける最も近い外国だった。日本語を流暢に話す波須田なら、苦もなく日本に入国できるはずだ。

波須田の要求は、単純なものだった。威儀をただして、波須田はいった。

「闔烈山将軍とその家族を、安全な方法で日本に移送すること。日本政府による経済援助や公権力による警護までは望まないが、闔将軍および一族が国内でおこなう商業活動の自由を保障されたい。

もう一点。念のためにつけ加えると、この件はくれぐれも内密に願いたい。我々に関する情報が流出すれば、取り返しがつかなくなる。情報の取り扱いには、最大限の注意が必要である。貴官一人で決済できない場合をのぞき、他言無用ということで――」

いつも腰が低く愛想のいい波須田とは、別人のような話し方だった。ただし波須田は、主計長という役職を過大に評価しているようだ。普段から便宜をはかっているのだから、少しくらいの無理はきくだろうと思いこんでいる。

たぶん前任者が、酔った勢いで安請け合いをしたのではないか。冗談めかして「海軍艦艇を用立てるから、それで日本に送り届ける」くらいのことは、いった可能性がある。前任者はその種の「武勇伝」が多く、着任して間のない富和田主計長は後始末に追われた。

厄介なことになったと思ったが、知らん顔もできない。考えた結果、公使館つきの海軍武官補に相談することにした。体のいい丸投げだが、それなりに合理的な解決方法ではある。何人か在籍している武官補の中では、その人物が最適任者に思えた。

南京政府やソ連邦の諜報機関を相手に、攻撃的な防諜工作をしかけているとの噂だった。情報ブローカーのあつかいには慣れているはずだし、波須田のいう「情報が流出」することにはならない。その上に前任の主計長にとっては、同郷の先輩にあたる。

後輩がしでかした不祥事の後始末を、手伝うよう持ちかければ断らないのではないか。波須田自身も、異存はないはずだ。それで方針は決まった。富和田主計長は海軍駐在武官補の有藤《ありとう》中佐と連絡をとる一方で、波須田が話したことの裏をとった。

その間、波須田は待たせることになる。痺れを切らして交渉を打ち切ったり、他の売りこみ先に鞍替えするなどとは口にしなかった。あたえられた部屋で、辛抱づよく待っている。警護の兵を二人つけて、富和田主計長は調査に専念した。

見張りを配置したのは、逃亡を防ぐためではない。刺客の潜入を、警戒したからだ。最初は法螺話としか思えなかったが、いまではかなり信憑性がましていた。話の辻褄があっているのは当然としても、富和田主計長が別の場所で耳にした情報とも整合性がとれている。

闍烈山将軍の名は、富和田主計長も耳にしたことがあった。日本との関わりも深く、中国通の間では名の通った存在らしい。保存されていた公刊資料をひもとくだけで、一通りのことはわかった。

すでに闍の年齢は、七〇歳をこえていた。失脚によって政治の表舞台から身を引いたものの、いまも隠然たる影響力を有している。経歴からして地方軍閥の出身らしく、北伐のとき国民党軍に協力して現在の地位を手に入れたようだ。

無論それだけでは、二〇年あまりも権力の座を維持できるわけがない。おそらく風を読む感覚は、なみの人間よりも鋭敏なのだろう。さもなければ伏魔殿のような南京政府の中枢で、長年にわたって生きていくことなど到底できそうにない。

読み書きも満足にできない野人だが、波須田以上に食えない人物らしい。そのせいで主計長は、彼らのたくらみに気づいた。たぶん闍将軍と波須田は、最初から日本を標的にしていたのだろう。日本を一族の移住先と決めた上で、計画を進展させていたと思われる。

波須田が日本に留学した時点で、闍は南京政府を見限るつもりでいた。かといって、共産主義に未来はない。中国共産党はもとより、ソ連邦の共産主義国家に移り住む気は毛頭なかった。共産主義国家には、内部崩壊の兆しがみえていたからだ。

世界大戦の記憶があるうちは、現在の体制を維持できる可能性が高い。反ファッショの防波堤として、ソ連邦や共産主義中国の存在価値はあった。既存の欧米列国を中核とする連合国が、共産主義国家を「敵の敵」と認めて援助する可能性が高かった。

だが好条件がいくつか重なったところで、共産主義国家が繁栄するのは一世紀が限界だった。それをすぎると、矛盾が次々に噴出するはずだ。よく考えればわかることだ。自由競争のない経済が、健全な状態を維持できるとは思えない。

かといって、英米やドイツは問題外だった。中国人は世界中に居住しているが、この三カ国は人種差別が限度をこえている。なかでもドイツのゲルマン民族至上主義は、異民族の入りこむ余地を完全に失わせていた。

無理をして移民に成功したところで、苦労するのは眼にみえていた。国をあげて純血主義を貫いているかのようなドイツほどではないにしても、英米の差別は厳然として存在する。むしろ目立たないだけに、厄介で始末が悪かった。

アジア系移民が筆舌につくしがたい苦労の結果、名誉白人の地位を勝ち取っても最後の段階で裏切られる。皮膚をすべて剝ぎとって、骨格を入れかえても差別は残るのだ。微妙な発音の差や生活習慣の違いが、ひた隠しにしていた出自を曝露することもあった。

そう考えると、新たな居住地は日本以外になさそうだ。日本にも差別はあるが、欧米に比べればまだしも埋没することは容易だった。一族の戸籍を作成してもらえば、あとは自分たちで生きていくということらしい。

「その……日本への移住を希望している闍烈山の一族は、全部で何人いるんだ。というより現時点で籠城している山塞の場所を、できるだけ詳しく教えてほしい。それと……日本語はどうか。日本人と見分けがつかない程度に話すのは、全体の何人ほどだ」

一通りの調査を終えた富和田主計長が、波須田を閉じこめた部屋にもどった直後に切りだした。長時間にわたって監禁も同様の状態で待たせたのに、波須田はおとなしく待っていた。たぶん待つことも、仕事のうちだと考えているのだろう。

到着したばかりの有藤駐在武官補も、富和田主計長にしたがって入室した。そのまま当然のように、持ちこんだ椅子に腰をおろしている。これも無礼な話だった。動作を控えめにしているのは、遠慮しているのかもしれない。

ところが部屋が狭いものだから、嫌でも武官補の存在は眼についた。兵学校時には相撲競技の対抗戦で、負け知らずだったという。みるからに堂々とした体格をしていた。しかも髪が長く私服姿だから、とても海軍軍人にはみえなかった。

一見しただけでは正体不明の怪しい人物でしかないが、波須田は何もいわなかった。のっそりと姿をみせた武官補を一瞥しただけで、視線をそらした。正体を見抜いたのかもしれない。面識があるとは思えないが、顔は知っていた可能性はある。

波須田は感情のこもらない声でいった。

「貴官はまだ、当方の質問に答えていない。一方的に情報をもとめるのでは、犯罪者に対する尋問と同じだ。これでは対等の関係を、構築するのは無理だろう」

一気にいった。淡々と話しているのに、激しい闘志が伝わってくる。もしも中途半端な受け答えをすれば、たちまち席を蹴って退出しそうな気迫が感じられた。

2

彼らがいるのは、海軍陸戦隊時代から使っている建物だった。

建物の正面玄関に兵は配置されているが、波須田を留め置いた部屋に見張りの兵はいなかった。富和田主計長と有藤駐在武官補の到着を機に、警戒態勢をといていた。したがって外部からの侵入者に対しては、無防備な状態だった。

だが富和田主計長は、特に問題を感じなかった。かりに刺客が潜入したところで、何もできないだろう。巨漢の有藤武官補はもとより、波須田にも武道の心得はありそうだ。しかも同じ敷地内には、海兵隊が駐屯している。

前身である海軍陸戦隊とは、装備や戦力が比較にならないほど強化されていた。主計長が急を知らせれば、たちまち武装した部隊が駆けつけてくる。よほど腕の立つ刺客でなければ、あえて襲撃しようとは思わないのではないか。

ただ、波須田自身の考えは読めなかった。邪魔者が入らないのをいいことに、手ばやく交渉をまとめようとするかもしれない。さもなければ交渉の条件がととのっていないと判断して、いちはやく姿をくらます可能性もある。

だが波須田の行動は、そのいずれでもなかった。待ちの姿勢を通す気らしく、黙りこんだまま何も話そうとしなかった。そのときになって、富和田主計長は視線を感じた。有藤武官補だった。「俺にまかせろ」というように、小さくうなずいている。

富和田主計長は、納得して腰を浮かせた。席を外すつもりだったが、有藤武官補はそこまで要求する気はないようだ。同席するように手で合図をしたあと、あらためて波須田に問いただした。

「いま来たばかりなので、これまでの経緯がよくわからんのだが……そちらさんの質問というのを、概略でいいから説明してくれませんか。そのかわり当方が答えたら、そちらさんも保留にしてある質問に答えるということで——」

——要するに最初からもう一度、やり直そうというのか。

有藤武官補の言葉を、富和田主計長はそう受けとった。無論この部屋に入るまでに、武官補には過不足なく経緯を報告してあった。ところが武官補はそれを一切なかったことにして、最初から事情をきくつもりらしい。

主計長の存在は無視された格好だが、別に腹はたたなかった。それどころか穏やかな言葉つかいで話す有藤海軍武官補に、底のしれない空恐ろしさを感じた。もしも普段の武官補を熟知していなければ、たくらみに気づくこともなかったはずだ。

おそらく有藤海軍駐在武官補は、思った以上に狡猾で油断のならない人物なのだろう。いまは受けの姿勢に徹しているが、隙をみせれば一瞬で体を変化させて斬りこんでくる。それなのに現在は「総身に知恵がまわりかね」る状態に徹している。

波須田の反応が気になるところだが、こちらの方は一向に頓着している様子がない。先ほど富和田主計長に語ったのと同一の話を、寸分の狂いもなくくり返しているだけだ。そのため理解はたやすいが、単調すぎて眠気をもよおすほどだった。

要するに閻烈山は「日本の存亡にかかわる機密事項」を知ったことを奇貨として、日本に拠点を移す気らしい。無論、身ひとつで日本に赴く気はない。波須田程度に使えそうな配下を何人か、選抜した上で同行させるのではないか。

たぶん夫人も一人ではないのだろう。有力な情報源あるいは閻自身の通訳と考えれば、漢族に限定されることはないはずだ。チベット族やウイグル族などの少数民族系はもとより、日本人あるいはロシア人の女性とも家庭を持っている可能性がある。

ということは家族も、夫人の数だけ存在するはずだった。したがって「家族」だけで一〇人から一五人もの係累が、閻の背後にはひそんでいる勘定になる。私兵や秘書の類を加えると、さらに人数は増えるのではないか。

――実はそれが、波須田が手の内を明かそうとしない理由なのか。

そう考えるのが自然な気がした。当の波須田は立て板に水を流すかのように、淀みなく話しつづけている。聞き手の心中など気にもとめない様子で、切れ間なしに言葉をつらねていた。単調で変化にとぼしい話し方だから、記憶にはまるで残らなかった。

ただ闍烈山に同行する人数などには、一切ふれない方針のようだ。それどころか、波須田自身が同行するのかどうかも不明だった。言葉自体は明瞭なのに、何を話しているのか把握するのは困難だった。

しかも一方的に話すばかりで、疑問を口にする隙をあたえようとしない。交渉は対等であるべきだから、質問攻めにされたくないという波須田の主張は容認できる。しかし、それにも限度があった。これでは交渉を拒否しているのとかわらないのではないか。

単に途切れることなく、話しつづけているだけではなかった。よく聞くと何時間か前に富和田主計長が耳にした言葉を、正確になぞっているらしい。ところが最初はそのことに気づかず、妙な違和感だけがあとに残った。

ようやく状況が判明しても、波須田の真意はわからないままだった。闍烈山の要求を、正確に伝えざるをえない事情は理解できる。だが具体性に欠ける抽象的な状況説明まで、一字一句まちがえずに話すことに意味があるのか。

それとも波須田は、自分の記憶力や日本語の理解力を自慢したいだけなのか。単調な言葉が耳について、そんなことまで考えた。だがある時点をすぎると、言葉が意味をなさなくなった。それとともに、心地よさを感じはじめた。

不思議な体験だった。退屈きわまりなかった長広舌が、古典音楽のような響きに形をかえていた。無機質な言葉のつながりが、心の律動と同期しているらしい。それなのに核となる言葉自体は、変化していなかった。

こんな状態でも、波須田の言葉は正確だった。波須田の頭の中には録音機が内蔵されているのかと思うほど、おなじ言葉を正確にくり返している。富和田主計長の記憶と、照合するまでもなかった。閻烈山から預かったという要求を、際限なく語りつづけている。

――この分では、一晩中でも同じ話をきかされるのではないか。

そう考えたときには、本当に眠くなってきた。ところが波須田は疲れた様子もみせずに、抑揚のない声で話しつづけている。いつの間にか話題が変化して、自分たちの子孫に継承される諸権利の細目になっていた。

夢をみているような、頼りない気分だった。それは違うと、声をあげて抗議したかった。そんな話は、初耳だった。聞いたことなどなかったし、話題にもなっていない。それ以前に交渉の枠組さえ決まっていない段階で、提示するような要求ではなかった。

罠だったのかと思ったときには、もう手遅れだった。体が鉛のように重く、行動の自由を奪われていた。おそらく波須田の、常套手段なのだろう。質問を封じた上で一方的に話しつづけ、聞き手を催眠状態に引きこんで要求を上積みするのだ。

姑息な手だが、日本人を相手にするときは有効な方法だと思われる。恥の意識が先にたって「居眠りをしていた」とはいいだせないからだ。無論あとになって「聞いていない」と突っぱねることは可能だった。

しかし記憶が曖昧な状態で反論しても、説得力はないだろう。波須田自身も反論を予想して、対応策を用意している。それに要求を受けいれても、大きな負担にはならない。「日本の存亡にかかわる機密事項」が本物なら、この程度は必要経費の範囲内だった。

大事の前の小事と考えれば、腹もたたないのではないか。闍烈山の一族ばかりか郎党まで受けいれても、日本の財政事情は悪化しない。それよりも、断った際の被害の方が大きくなりそうだった。双方の信頼関係が失われて、今後の交渉がやりにくくなる。

それが結論だった。いまは有藤武官補の状態が気になった。無理に首をひねって、様子をうかがった。富和田主計長は呆気にとられた。武官補は椅子に深々と腰をおろして、心地よさそうな寝息をたてている。ときおり、鼾《いびき》らしきものも伝わってきた。

熟睡しているのは、その様子をみれば明らかだった。ただ波須田の言葉が、耳に届いている可能性はある。かすかに唇が動いているのは、波須田の言葉に合いの手を入れているのかもしれない。ただし真面目には、聞いていなかった。

波須田の反応をみれば、それは歴然としている。眉をよせて武官補を睨みつけていたが、表情には戸惑いが感じられた。思惑と違う武官補の反応に、不安を感じているらしい。そのことに武官補も感じたのか、やっと眠りからさめた。背筋をのばして、大きな欠伸をしている。

それがさらに、波須田の苛立ちを大きくした。正面から有藤駐在武官補をみすえて、波須田はいった。

「交渉に応じる気がないのであれば――」

「念のためにいっておくが、帝国が闍将軍の帰化に同意したという事実はない。一族および配下についても同様である。帝国臣民の価値は、それほど安っぽくない。まして孫《ま》子《ご》の代まで、法的に特権を確約せよなどというのは論外であろう。

　よって今回の要求は、きかなかったこととする。というのが公式な見解だが、せっかく危険をおかして交渉にきたのだ。手ぶらで帰すわけにもいくまい。ものは相談だが、満州国はどうだ。帝国ほど審査は厳しくないから、一〇人や二〇人程度の国籍は交付できる」

　わずかな隙をついて、武官補が斬りこんだ。予想外の返答だったらしく、波須田は言葉を失っている。それでも気を取りなおすのに、時間はかからなかった。かすかに余裕を感じさせて、波須田は応じた。

「いまのお言葉は……海軍駐在武官補の、ご一存によるものでしょうか。そうだとしたら、後悔することになるかもしれないと事前に伝えておきます。闇将軍の交渉窓口は、想像以上に広くて多岐にわたっています。

　海軍のみならず陸軍の駐在武官府や、外務省の在外公館とも連絡がついています。ということは別の経路から手をまわした結果、貴官の上部組織を飛びこえて雲の上の人物に届いてしまうかもしれない。

　それだけなら、さほど大事《おおごと》にはならないでしょう。ただし、天から声が降ってくる可能性もあります。そのときになって不見識を咎められても、責任は持てないということで」

　たぶんこれは、波須田のはったりだろう。そう富和田主計長は見当をつけた。そんなに太いパイプがあるのなら、最初からそちらに話を持ちこんでいたはずだ。海軍との交渉に、海兵隊司令部から――それも主計長から交渉を開始するのも妙だった。

以前から富和田主計長と面識があったとはいえ、上海駐屯の海兵隊は出先の部隊でしかない。日本の戦略を策定するべき指揮中枢などではなかった。したがって「日本の存亡にかかわる機密事項」を手に入れたとしても、宝の持ち腐れにしかならないのだ。

あきらかに波須田は戸惑っていた。普段は有効な手が、通用しないことに混乱している。有藤武官補は容赦せずに、たたみかけた。

「帝国の存亡にかかわる機密情報についても、おおかたの見当はついている。国民政府の蔣《しょう》介石《かいせき》が、チャーチルとルーズベルトに呼ばれて渡欧するらしいな。スターリンをまじえて談判する前に、策を練っておく気なのか」

波須田は答えなかった。しかし相当に動揺していることは、蒼白な顔色をみるだけでわかった。有藤武官補は椅子から身を乗りだすようにして、そんな波須田を注視している。

3

波須田は動かなかった。

反論する気はないらしく、静かに有藤武官補の発言を待っている。その姿は斬首の時を待つ罪人を連想させた。富和田主計長としては、傍観者の眼で一部始終を見守るしかない。有藤武官補は気負う様子もみせずにつづけた。

「詳細は想像するしかないが、この顔ぶれで話しあうことは多くない。おそらくは戦後処理……というよりドイツや日本が脱落したあとの新秩序を、どうするか決めようというのだろう。イギリスやアメリカにとっては、一刻の猶予もならない重大事であるはずだ。

帝国が本当に脱落するか否かは別にしても、スターリンが対日戦に意欲をみせているのは事実らしい。小耳にはさんだ話ではドイツが片づいてから数カ月後には、赤軍（ソ連軍）を反転させて満州国に攻めこむ算段をしているというではないか」

淡々と話すものだから、あやうく聞きのがすところだった。驚きは数瞬おくれて押しよせてきた。富和田主計長と波須田は、前後して声をあげた。間の抜けた声だったが、違和感はなかった。あまりに予想外だったので、現実の出来事だという実感がなかったのだ。

それも当然だった。大日本帝国とソビエト連邦の間には、日ソ中立条約が存在する。事前の通告がなければ自動延長されるから、少なくとも今後一年間は有効であるはずだ。これは国防の基本であり、国家戦略もこれを元に整備されてきた。

それを一方的に破棄して、満州国に攻めこむという。事実だとすれば重大な背信行為であり、国際的な信義に悖る邪道の外交といわざるをえない。ただし戦略上の問題点を洗いだせば、正しい選択といえた。

日本本土における最後の決戦が実施されるとしたら、ソ連軍の参戦は必要にして不可欠であるからだ。おそらく本土決戦は、連合軍に多量の出血をしいる上陸戦闘が前哨戦となる。そして容易に終わりのみえない山岳地帯の遊撃戦が、これにつづくはずだ。

したがって日本本土における最終決戦は、ドイツ相手のときよりも手間取ると思われる。定石どおり上陸作戦を実施するのであれば、日本全土を制圧するには少なくみても一年は必要だと推測される。ただし最近の日本軍は、質の向上が無視できない。

日本軍による海上補給路の分断が実現すれば、連合軍の上陸部隊が海に追い落とされる事態が発生しかねない。ソ連の参戦をもとめる主張は、このような状況から出てきた。ソ連に背後を突かせれば、日本本土の制圧に必要な時間は大幅に短縮できる。

ソ連にとっても、決して悪い話ではない。英米がソ連にあたえる餌は、日本が実行支配している係争地だろう。ソ連にとって満州国や朝鮮半島は、さして魅力がないはずだ。いずれも開発が進展しておらず、日本の支配下で投下された資本は膨大な額にのぼる。

現在はようやく資本回収の目処がついたものの、生産を軌道に乗せるまでには長い時間がかかるはずだ。それよりは日本軍に占領されたままの沿海州や、資源開発が期待できる樺太の回収が重要ではないか。

日本固有の領土で開発が進展している千島列島や北海道を、どさくさにまぎれて占領する可能性もあった。だが現在の連合軍には、この動きを阻止する力はない。すでに太平洋戦域における開戦から、三年がすぎようとしている。

国内に蔓延する厭戦気分は、日ごとに高まりつつあるらしい。ソ連をけしかけてでも、早急に日本を屈服させたいところではないか。そう思ったものの、実際のところはわからない。気になって波須田の表情を、何度もうかがった。

ところが波須田は、言葉を口にする余裕をなくしていた。有藤武官補が次に話すことを、じっと待っているようでもある。すると武官補による先ほどの指摘は、正しかったと考えられる。波須田が戸惑うはずだ。

有藤駐在武官補が「帝国の存亡にかかわる機密情報」を早々と口にしたものだから、波須田は交渉の手札を失ったのだ。武官補は学生に講義をするような口調で、訥々とつづけた。

「赤軍あるいはソ連陸軍などの進攻路が、千島列島や樺太だけなら充分な勝算がある。たとえ赤軍が米海兵隊なみの水陸両用部隊を整備していたとしても、橋頭堡《きょうとうほ》の構築前に撃退することは可能だ。海辺の戦闘であれば、我が軍に一日の長がある。

だが満州平原を怒濤のように押しよせてくる赤軍戦車部隊は、そう簡単に撃退できそうにない。ロシア人《イワン》どもは欧州の地で、電撃作戦を駆使するドイツ軍と正面から戦ってきた。これと五分に渡りあうのは、少しばかり骨だ。

決して帝国陸軍を、みくびっているのではない。どこの国の軍隊にも、得手と不得手があるというだけの話だ。英米にとっての誤算は、赤軍が強すぎることだ。その上に赤軍は、米国から大量の軍需物資を供与されている。

気前よく大盤ぶるまいするものだから、イワンどもを勢いづかせてしまった。ドイツ本国を呑みこんだ上で、大西洋岸まで達しそうだというではないか。赤軍の倍以上も兵器を供与された英国が、しみったれた戦闘しかしていないのとは対照的だ。

放っておくと欧州全土が赤化するというので、あわててノルマンディに大部隊を送りこんで第二戦線を形成させた。だが赤軍の負担を軽くするというスターリンの期待は無視されて、ソ連邦は焦土と化した。

チャーチルとしてはナチを叩きつぶすと同時に、赤軍の弱体化も目論んでいたように思える。ところが蓋を開けてみたら『敵の敵』だったはずのソ連が、今度は敵になりそうな雲行きだ。欧州の田舎ものだと侮っていたイワンどもに、しっぺ返しを食らった格好だな。

それどころか、中国全土も共産党に支配されかねない状況らしい。早急に手を打たないと取り返しがつかなくなるというので、蔣介石を呼びつけた。仄聞《そくぶん》するところではスターリンは、蔣介石と国府軍を見限る気だというではないか。

中国共産党に肩入れするつもりらしいが、うまくいくとは到底思えん。二国とも貯えなどなく、貧乏神が住みついているような国だ。しかも吝嗇《けち》の代表みたいな連中だ。属国あつかいしている国の方針には、やかましく口をだすが実のある援助はしない。

ロシア人どもは貪欲……というより強欲だが、中国人はそれ以上に商売上手だ。たとえていえば高利貸しから借りた金を銀行に預けて、その利子を元手に商売するのがロシア人のやり方だ。高利貸しからの借金を、返却する気など元からない。

最初から踏み倒すつもりで、多額の借金を重ねるという阿漕《あこぎ》なことをする。ところが中国人

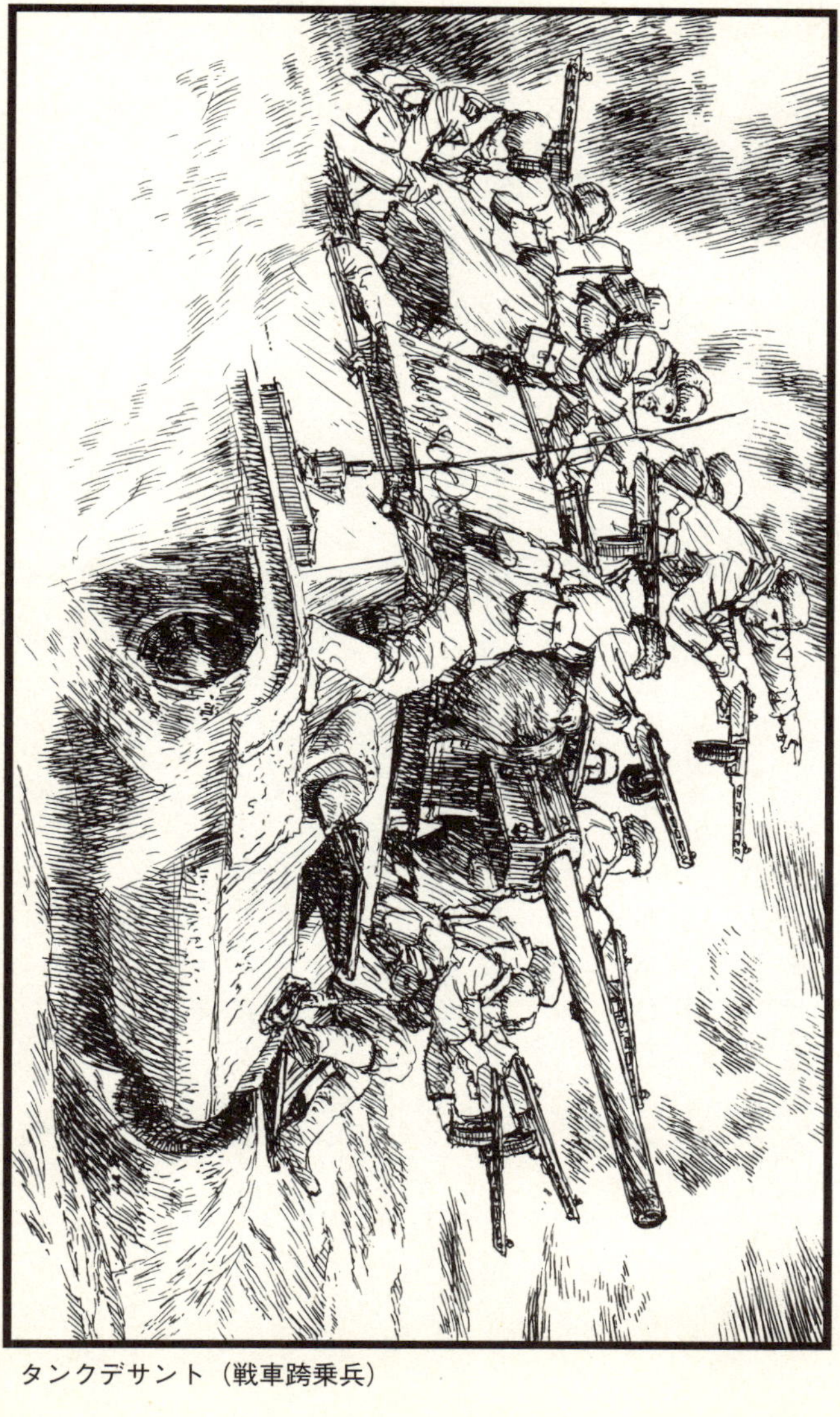

タンクデサント（戦車跨乗兵）

は、それに輪をかけて非道だ。高利貸しを一家心中に追いこむほど絞りあげて、財布の底まで資金を吸いあげる。

病人の布団を剝ぎ取る、などという生やさしいものではない。必要とあれば、自分たちの都合のいいように法律を書きかえることまでする。政府や裁判所を味方につけているのだから、やりたい放題だ。このあたりのことは、主計長の方がくわしいと思うが」

いきなり話をふられて、富和田主計長は戸惑った。興味ぶかい話ではあるが、いまは本筋を見失うべきではない。それまでの話を簡潔にまとめて、主計長は応じた。

「話がそれているようです。スターリンが蔣介石ではなく、毛沢東《もうたくとう》を支援しそうだというところまででした」

有藤武官補は、ほんの少し残念そうな顔をした。だがそれも、長くはつづかなかった。気を取りなおしたらしく、何ごともなかったかのように言葉をついだ。

「もしも共産主義中国が成立したとしても、ソ連との蜜月状態は長くはつづかない。両国とも領土的な野心をかかえている——というより大陸国の常で、歴史的な懸案事項が山積している。したがって両国の関係が悪化して、国境紛争に発展するのは必然といっていい。

そもそも……共産主義者は清貧という印象があるが、とんでもない話だ。むしろ『理論武装』と称する屁理屈をこねるから始末が悪い。ただし国境紛争や領土問題といっても、様々な形態がある。領土問題が両国の国境周辺に存在するのでなければ、解決方法はある。

簡単なことだ。第三国を泣かせればすむ。かつてソ連はナチスドイツと談合してポーランドを分割し、東側を自国領に編入した。国境線の曖昧な辺境や人口密度の希薄な中央アジアでは、さらに露骨な領土の切りとりが横行した。

おなじことは、共産主義化した中国でもおこる。チベット文化圏や仏印（フランス領インドシナ）が、新たな紛争の火種となりそうな気がする。いずれも歴史的な背景を精査すれば、かつては大中国の保護下にあったと強弁することは可能だからな。

さらに中国海軍が有力な海上戦力を有すれば、東方海上に点在する島嶼群は外洋進出の強力な足場にも根拠にもなる。中国は大陸と外洋の二方向に出口を有しているから、その気になれば世界中のあらゆる場所で領土権を主張できる。

ただし連中にとって困ったことに、中国でもソ連でもない第三国を手に入れるだけでは限界がある。すぐに周辺の国々が警戒をはじめて、膨張政策は頭打ちになる。あとは中ソが双方の領土を奪いあう共食いしかない。

中ソの直接的な対決であり、国境をはさんだ血みどろの抗争が開始されるだろう」

そこで有藤武官補は、言葉を切った。意味ありげな視線を、波須田にむけている。波須田は茫然として、声も出せずにいるようだ。武官補がそこまで事態を読んでいたとは、思っていなかったらしい。思考が停止したのか、外からの刺激に反応していない。

4

波須田の印象は、短時間のうちに大きく変化していた。

普段の波須田は多少かわったところがあるものの、変人というほどではない。洗練された物腰と穏やかな言葉づかいのせいで、高貴な出自の紳士を思わせた。断片的な会話をかわしただけなのに、豊かな教養が感じられる。

ところがいまは、そのすべてが嘘くさく、しかも安っぽかった。たぶん、逃げ腰になっているせいだろう。たえず落ちつきのない眼で、おどおどと周囲をみまわしている。こちらの動きを、探っているらしい。紳士然とした普段の落ちつきは、欠片ほどもなかった。

――人間は自信を失うと、ここまで印象が変化するのか。

富和田主計長には、そうみえた。観念したらしく、逃げる気もないらしい。捕らえられた犯罪者のようだが、大泥棒の風格はない。空き巣だと思って忍びこんだら留守番の老婆にみつかって、箒の柄でさんざん打擲されて縛られた盗っ人というところだろう。

おなじことは、有藤武官補も感じていたらしい。あらためて見張りの兵を、配置につけるまでもなかった。すっかり気を呑まれているものだから、波須田は指一本動かせずにいるようだ。衝撃からは回復したが、あいかわらず顔色は思わしくない。

有藤武官補は、感慨ぶかげにいった。

「英米としては、あまりソ連を本気にさせたくはないはずだ。強面《こわもて》のする荒くれ者という印象が強いが、実際のロシア人《イワン》は純朴な田舎の兄ちゃんみたいなものだ。ウオッカを充分に注入して煽れば、重量級の飾り山鉾を一人で担ぎだすほどの威力がある。

イワンどもがそんな具合だから、ロシア女《カチューシャ》どもも負けていない。蓮っ葉なくせに男を知らん未通年増《おぼこどしま》だから、ここを先途とイワンどもの男に食らいつく。慣れない奴は根もとまで呑みこまれて、それだけで昇天するらしい。

だがカチューシャが本気を出せば、この程度ではおさまらない。跨ったウオッカ樽のたがを、ぶち切るほどの勢いで締めあげてくるという。どんな女たらしの遊び人でも、泣き叫んで悶絶するらしい。

あとには精気を吸いとられて、干からびた死体しか残らんという話だ。それだけの怪力自慢が、惚れた男や家族のために死にものぐるいで戦うのだ。強いことは、いうまでもない。本当か嘘か、みたことがないから保証しかねるが」

また話がそれている——という言葉を、富和田主計長は喉の奥に呑みこんだ。有藤武官補自身も、自覚があるのだろう。わざとらしく咳払いをしたが、主計長にはそれが講釈師の合いの手としか思えなかった。武官補はつづけた。

「だから戦車跨乗兵《タンクデサント》などという代物は、歴史の必然といえる。全員がPPSh-41《ペーペーシャ》で武装し、銃弾をまき散らしながら敵陣を突破していく。『ウラー』の雄叫びをあげながら、血相をかえて敵を蹂躙するのだ。火事場の馬鹿力は、最初から織りこみずみだ。遅れをとることは、許されない。

しかも兵隊の命など、鴻毛よりも軽いと信じている。犠牲を気にせず力押しに突っこんでいくのは、イワンどもの基本戦術だ。師団単位や軍団単位で補充もせずに突撃をくり返すものだから、戦闘が終わったあとには膨大な死体の山が残されている。

決して義務感や忠誠心が、イワンやカチューシャを勇敢にするのではない。政治将校に尻をたたかれ、督戦隊に銃を突きつけられて無謀な突撃をくり返すだけだ。さもなければ身に寸鉄を帯びず、命を的に戦車の楯となることなど絶対に不可能だ。

だが赤軍兵士が勇敢にみえるのは、それだけが理由ではない。様々な枷が、彼らには科せられている。政治的プロパガンダという化け物が、連中を勇敢にみせているのだ。決して祖国や名誉のためではない。

その上に『懲罰大隊』の存在がある。『人間らしさを取りもどしたい』という切実な思いが、無謀としか思えない戦いに連中を駆りたてていく。結果は悲惨だ。終わりのみえない絶望的な戦いが、いつ終わるとも知れず延々とつづく。

そして我が軍でさえ回避した『必死攻撃』を、赤軍はより大規模かつ組織的に実施している。『懲罰大隊』による露払いの突撃は、兵の命を爆薬がわりに投げつけるのとかわらない。考えてみれば、不憫な話だ……。

帝国の場合は計画が実現しても、志願者をつのることになるはずだ。したがって個人の自由意思が、尊重される。建前論だといわれそうだが、自由意思が入りこむ余地はあるのだ。しかも志願者は神としてあつかわれ、戦死後も名誉が維持される。

無論これは統帥の邪道であり、回避するにこしたことはない。しかし兵の命を消耗品と考える戦術とは、根本的に異なることは強調しておきたい。

それにしても……。

無責任な論評であることは、承知の上でいう。ソ連という国は、遠からず自壊するのではないか。共産主義や社会主義などの制度矛盾が、次第に大きくなっていくからだ。あるいは社会構造に生じた無理が、現実を修正するだけでは埋められなくなるともいえる。

ただし例外はある。かりにすべての局面で、最善の選択をする指導者がいれば——ということは政策の失敗で自国民が一千万人単位で死んでも、平然としていられる英雄《ヒーロー》が国政を指導していれば今後一世紀は現状を維持できるだろう……。

無論それは、英米にとって好ましい事態ではない。ロシア人たちはドイツ人ほど賢くないし、英米のように微妙な手加減もできない。先のことはわからぬが、将来的に他国との縁を切って名誉ある孤立を選択するのは困難だと思う。

飢饉になれば国境を越えて、大量の難民が他国へ押しよせるはずだ。当然、国際的な食糧物価も上昇する。豊かな国だけが、腹一杯になるまで食える自由は保証されないのだ。それどころか逃散した武装難民が、組織的な海賊行為を働く可能性もある。

蔣介石がルーズベルトに呼ばれて渡欧するのも、この問題を討議するためだ。連合軍の間では、ソ連との同盟関係を疑問視する声も根強いときく。こんなことなら、ドイツを排除するべきではなかった――というわけだ。

早期にドイツと講和して、反共同盟を構築するべきではないのか。共産主義という巨大な悪と戦うには、それが最善の選択だと考えられる。いまからでも遅くはない。ドイツと防共協定を結んで、最初からやり直すべきではないのか。

そう公言するものさえいたが、ソ連との密約は合意に達している。ルーズベルトとしては、国内のユダヤ人勢力を無視できない事情もあった。ナチに寛容なことを口にしようものなら、その時点でルーズベルトの政治生命は断たれる。

しかも戦況を読み違えて、ソ連に対日参戦をうながしてしまった。スターリンは計画に乗り気で、精鋭部隊を極東に移動する方策を具体化しつつある。いまさら後もどりは、できないのではないか。

結果は眼にみえている。この戦争が終わっても、平和な時代はやってこない。ナチは歴史から退場するが、かわりにソ連が台頭する。当のソ連は戦勝国として、国際社会に君臨することになる。ルーズベルトとスターリンが、どんな約束をしたのかは知らん。

ただ我が国固有の領土を、イワンどもに安堵《あんど》すると保証した可能性はある。それどころか欧州や極東にかぎり、切りとり勝手次第のお墨つきを与えたかもしれぬて」

富和田主計長は、有藤武官補の長広舌を上の空できいていた。波須田の動きが、気になっていたからだ。先ほどから波須田は落ちつかない様子で、しきりに扉の方を注視していた。退室する間合いを測っているようだが、きっかけが摑めないらしい。

　だがそれも、長くはつづかなかった。まるで間合いを測ったかのように、有藤武官補の言葉が途切れた。その隙をねらって、波須田がすっと立ちあがった。鞄や包みの類は、持ちこんでいなかった。脱いだ帽子が、机の上に置いてあるだけだ。

　その帽子に手をのばしたとき、隙間風が室内に吹きこんだ。そうとしか、思えなかった。ところがその直後に、眼の前を何か大きいものが移動した。何もない空間から、いきなり巨体が出現したような気がした。

　有藤武官補が上半身を机の上に投げだしたのだと気づいたときには、波須田は身動きがとれなくなっていた。帽子にのばした手首を、つかまれていたのだ。巨漢の武官補には、似つかわしくない動きだった。

　次の瞬間、関節のきしむ音が鳴った。波須田の手首だった。有藤武官補に関節を逆に決められて、波須田は身動きがとれずにいた。武官補は気迫に欠ける声とともに、上半身を起こした。

「よっこいしょっと」

　神経に障る音が、先ほどと同じ場所で響いた。関節を無理に引き抜いたような音だった。あるいは軟骨と筋肉のつながりを、力まかせに断ちきったようでもある。腰を浮かせていた波須田は、痛みに耐えかねて膝をついた。

　激痛に襲われていることは、額に浮きでた大量の汗をみるだけでわかった。伏せた顔をのぞき込むまでもなく、苦痛が急速に広がっていくのがわかる。有藤駐在武官補は、恐縮した様子でいった。

「お急ぎのところを申し訳ないのだが、まだ話は終わっておらん。というより、始まってもいない。だから、約束してくれんかな。二度と無断で退室しないと。我が方もそのつもりで手の内を明かしたのだから、ここで帰られても困る。もしも約束できないのであれば、当方としても非常手段をとらざるをえない。申し訳ないが貴殿の手首と机を、連結させていただく」

ごとり、と重い音がした。いつの間に取りだしたのか、机の上には頑丈そうな手枷が置かれていた。波須田ばかりではなく富和田主計長まで が、喉の奥で「ひっ」とか「げ」などという声をあげた。

それは手錠などという洗練された道具ではなかった。手枷と称する責め道具でさえ、大人しすぎる。たとえていえば象のような巨獣や、手当たり次第に人を傷つける重罪人を拘束するための鉄環だった。

肉厚の頑丈そうな鋳鉄製で、手錠のような調整機能はついていない。手首を挟みこんだあと連結ボルトの螺子山《ねじやま》を潰して、固定してしまう構造のようだ。はずすときのことは、考えていないのだろう。最悪の場合は、手首を切断するしかなさそうだ。

波須田でなくとも、悲鳴をあげたくなる代物だった。まともに作動しても、手首に相当な負担がかかる。一時間とたたないうちに、関節が外れて落ちるのではないか。あとには変形した骨と、死ぬまで消えない激痛が残る。

そして運が悪ければ、外れなくなった鉄環も。

波須田は哀願した。それだけは、やめてくれ。決して逃げないと約束するから、拘束するのはやめてくれ。涙を流しながら、波須田はくり返した。有藤武官補の返答は、おおむね予想どおりだった。

ただ途中から、予想した範囲からの逸脱がはじまった。そしてすぐに、予想を大きくこえた方角に突きすすんだ。有藤駐在武官補はいった。

「念のためにいっておくが、裏切りは許さない。この世界の何処にひそんでいても、必ずみつけだして制裁を加える。もしも制裁が終わらないうちに貴殿が老いて死んだら、息子に負債を引きつがせる。長男が亡くなれば次男が、それも亡くなれば――」

話しながら武官補は、大きく上半身を旋転させた。両腕で波須田の手首をつかんでおいて、体ごと振りまわした。旋転をはじめて間もなく、波須田の手首が不気味な音をたてた。波須田はたまらず絶叫した。

いまにも絞め殺されそうな、甲高い叫び声だった。ところがその声は、急速に勢いを失っていった。不思議そうな顔で、自分の手首をみている。すでに有藤武官補は、波須田を解放していた。

事情が呑みこめないまま、波須田はしきりに手首を動かしている。最初のうちはそろそろと、そして次第に勢いをつけて振りまわした。おなじだった。いつの間にか、痛みが消え失せたらしい。波須田の顔から笑みがもれた。有藤武官補は、呼吸をととのえた後でいった。

「手首を痛めたままでは、南京にはいけんだろう。さしあたり修繕はしておいたが、あくまでも応急修理だ。無理をすると、すぐにまた関節が外れる。下手をすると外れぐせがついて、修繕もできなくなる。くれぐれも気をつけて、いってくるように」

「南京？　私が、ですか」

「それは無茶です。拙速は危険すぎます」

波須田と富和田主計長が、ほぼ同時に声をあげた。その言葉で、波須田も武官補の意図に気づいたようだ。だがそれは、事前の予想よりはるかに危険な任務だった。

5

波須田はその日のうちに上海を発った。

一人ではなかった。目付役として、有藤武官補が同行することになった。南京で蔣介石の動向を探る予定だったが、最初のうち武官補は楽観的に考えていたようだ。波須田一人を送りだせば、日本側が必要とする情報は苦もなく収集できると考えていた。

ところが具体的な行動手順を打ちあわせても、曖昧な点が多く一向に要領をえない。本人の言葉を信じれば、波須田は閻将軍が失脚するまでは国民政府の外務官僚として勤務していたらしい。だから蔣介石本人と面談できなくても、側近の一人とは会えるはずだった。

それなのに、どうも様子がおかしかった。危険をおそれて、尻込みをしているとは思えない。閻将軍とその一族は、国民政府を見限って日本に生活の拠点を移そうとしている。多少の危険は、織りこみずみであるはずだ。

いったい何を、波須田は恐れているのか。事情がわからないまま、有藤武官補は事実関係を整理していった。口ごもっている波須田を引っ張りまわすようにして、次々と計画の細部を決めていく。行動予定は余裕のない性急なものだった。最速の手段で南京に到着した直後には、もう第一報を上海に打電することになっていた。

その後も数時間おきに、報告電が発信されることが決められた。これでは波須田自身に行動の自由はなく、監視されているのと大差なかった。しかも波須田自身は、情報収集に消極的だった。武官補がその点をついて責めたてると、消え入りそうな声で応じた。

最初にむかうのは、闇烈山将軍の山塞であるべきだ。今回のことを報告した上で、以後の行動について指示を仰ぐ必要がある。一族の長老である闇将軍を無視することはできないし、独断専行は死に値する重罪だというのだ。

有藤武官補は立ちよる必要などないと突っぱねたが、富和田主計長には波須田の心情がよく理解できた。闇将軍の領地には、波須田の家族も暮らしているらしい。つまり人質にとられているのと、実質的にかわりなかった。

地理的な関係もあった。闇将軍の山塞は南京の近郊にあったから、行動前に立ちよっても時間を無駄にすることはない。それに失脚したとはいえ、現在も闇将軍は国民政府に強固な人脈を有している。これを利用すれば、蔣介石の動向も把握しやすいのではないか。

そう考えたのだが、有藤武官補は聞く耳を持たなかった。ぐずぐずしていたのでは、蔣介石が渡欧してしまう。それ以前に欧州のどこかでルーズベルトらと協議しておかなければ、スターリンの前で意見の不一致を起こしかねない。

だから、いそぐ必要があると武官補はくり返した。

「南京から欧州にむかうのであれば、さしあたり北平《ペーピン》に出てシベリア鉄道を利用するのがもっとも早い。ドイツ軍による封鎖はほぼ解除されたから、何ごともなければ一〇日前後でモスクワに到着するだろう。

首脳会談が欧州の何処で開かれるのか不明だが、各国首脳が出席すべき公式行事から大雑把な日程は見当がつく。チャーチルとルーズベルトの二国会談が二月のはじめごろ、スターリンを加えた本会談がそれにつづく期間――五日から一週間程度と推測される。

ということは、南京をいま出発してもぎりぎりの日数しかない。申し訳ないが、女房子供に会うのは後まわしにしてもらう」

この時点で有藤武官補は、最善の選択をみつけだせずにいた。場合によっては波須田を置き去りにして、一人で南京に乗りこむことも考えていたようだ。だが事情を知らない武官補一人が乗りこんでも、蔣介石に会えるとは思えない。

まして対日戦略についての本心を、聞きだすのは無理があった。かといって、波須田一人を送りこむのも心許なかった。それなら武官補自身が、監視役として同行するしかない。そう結論をだして、宣言した。

「小官も南京にいく。そしてまず蔣介石の所在を確認する」

異議は認めないと、武官補はつけ加えた。ところが波須田は、怪訝そうな顔でいった。

「蔣介石はシベリア鉄道を避けて、東回り航路を利用すると思われます。中立国の高速船で太平洋を横断したあと北米大陸を鉄道で移動し、ニューヨークから大西洋航路で欧州にむかうのです。あるいは米軍の特別機で、欧州に渡ってもいい。したがって経由地は、北平ではなく上海になります。

二日後に上海を出港する高速船に乗れば、ニューヨークでルーズベルト一行と合流できます。チャーチルとは時間をかけて討議するべき事項がないから、マルタでは全般的な話をするだけで充分です。場合によってはマルタを欠席して、ヤルタで合流してもいい。

問題はスターリンです。公然と反対はしないものの、蔣介石の対日参戦には難色を示すのではないか。したがってシベリア鉄道は、避けた方が無難です。ソ連領通過の査証が発行されないかもしれないし、難癖をつけて足留めする可能性もあります」

「マルタ……ヤルタ……」

よほど驚いたのか、有藤武官補はおなじ言葉をくり返している。だがそれも、長くはつづかなかった。ようやく気を取りなおしたらしく、武官補は念を押すように訊ねた。

「辻褄はあっているが……それではマルタ到着が、遅くなるのではないか」

当然の疑問だった。最速の船と鉄道を選択できたとしても、ルーズベルトと蔣介石のマルタ到着時には会談がすでに開始されている。場合によっては、最終日に到着する可能性もあった。武官補でなくても気になるところだが、波須田は何でもないようにいった。

「米英間の討議事項は、ほとんどが実務者レベルになります。したがってルーズベルトの到着までに問題を洗いだしておけば、あとは首脳同士の決済だけで終わります。さして時間は、必要ありません」

「それよりも重要なのは、中国の対日参戦に関連した問題になりそうだ」

富和田主計長がいった。国民政府は現在、極東および太平洋における戦闘行為に対し中立を維持していた。すでに昨年から指摘されていたことだが、日本との戦闘がいつ開始されてもおかしくない状態がつづいていた。それを米英が、望んでいるからだ。

ただし日本軍と、直に戦火をまじえる意思はない。その余力もなかった。中国共産党との熾烈な内戦で国土は荒廃し、民衆の疲弊は限界ちかくに達している。何度もくり返された掃共戦は、国民政府を消耗させただけだった。

共産党の支配地域でも消耗は激しかったが、たくみな戦術で被害を最小限におさえていた。その結果、以前より支配地域を拡大させていた。むしろ攻撃側の国民政府が、勢力をすり減らしていた。このままでは国民政府は、内部崩壊を起こしかねない——そのような危機感が、中立政策を放棄させたと思われる。

したがって対日参戦といっても、形式的なものに終わるはずだ。米英の地上部隊に領内通過の自由を与えた上で、沿岸地域に点在する航空基地の使用許可を与えるだけだ。もしも日本軍が阻止する動きにでれば、進駐した米英部隊が武力で突破するだろう。

このことの意味は重大だった。現在までに米軍は、二とおりのルートで日本本土に進攻しつつあった。一方は中部太平洋を北上して東京近郊に上陸するルートであり、もう一方はニューギニア北岸からフィリピンと沖縄をへて九州南部に上陸することになる。

　中部太平洋を直進するルートは日本軍の強い抵抗に遭遇したものの、日程的には順調といってよかった。ところがニューギニア北岸からフィリピン列島をへて九州南部にいたるルートは、端緒についたばかりのニューギニアで停滞している。

　本来ならマリアナ諸島の占領にあわせて、パラオ諸島やフィリピンを制圧しているはずだった。ところが計画が大きく遅延しているものだから、戦域の制空権も確立していなかった。これでは沖縄上陸どころか、フィリピンの攻略さえ不可能だろう。

　米軍は二ルートの同時進攻を断念してマリアナ諸島から硫黄島に転進し、一気に本土上陸を果たしたい考えのようだ。当初の予定どおり二方向からの日本上陸をめざしていたのでは、ソ連に先をこされてしまう。

　ソ連がベルリンを陥落させるのに、三カ月あまり必要だった。ドイツに対する軍事的な圧力を控えるなどの遅延策を実施しても、四カ月を大きくこえることはない。するとドイツの降伏は、五月のなかばから末になりそうだ。

　その上で部隊移動などの準備期間が三カ月とすると、ソ連による対日戦の開始は八月中旬から下旬までとなる。米軍としてはソ連軍が参戦する前に、東京を陥落させたいところだ。さもなければ満州国や朝鮮半島はもとより、日本本土のすべてが赤化する。

　それを避けるには、八月なかばまでに日本を降伏させるしかなかった。変則的で投機的な戦略であることを承知の上で、主力部隊を硫黄島に投入するのはそのせいだった。正攻法で押していたのでは、ソ連軍に先をこされてしまう。

ただし二方向からの進攻という原則を崩さず、しかも時間をかけることなく日本本土に上陸する方法はある。簡単なことだ。中国を参戦させれば、問題は解決する。中国の沿岸地帯は、ほとんどが国民政府の支配下にあるのだ。

ということは中国が連合軍に加われば、中国沿岸部からの日本本土爆撃が可能になる。インドシナから遼東半島にいたる長大な海岸線が、すべて連合軍の基地と化す可能性があるからだ。さらに南方の資源地帯と、日本本土をむすぶ航路は途絶する。

しかもフィリピンや沖縄を占領せずに、九州に大部隊を上陸させることが可能だった。中国の沿岸部に基地を整備すれば、進攻ルートのひとつを迂回させることができるのだ。国民政府は拒否しないはずだ。援助を受け入れる以外に、起死回生の道はないからだ。

――それでは日本には、どのような選択肢があるのか。

富和田主計長には、わからなかった。ただ、何をやるべきかは知っていた。海兵隊を指揮して待ち伏せし、太平洋航路の高速船に乗りこんだ蔣介石を捕えるのだ。

第四章　鹿島灘航空戦

1

——素人《とうしろ》の集団なのか、奴らは。

なかば本気で、そんなことを考えた。それほど傍受した敵信は、非常識で基本原則を無視したものだった。日本軍機が接近しつつあるのに、通信封鎖もせず出力の大きな無線電話で交信している。しかも直前には、海上捜索レーダーまで使用した形跡さえあった。

状況は歴然としていた。黎明前に発進した米空母機動部隊の偵察機が、帰投時に機位を失って母艦に誘導を依頼しているのだろう。それが周辺空域を哨戒中の艦上偵察機「彩雲改《さいうんかい》」によって傍受された。そう見当をつけた。

彩雲改の機長で偵察員でもある鶴丘《つるおか》中尉とし

ては、判断に困る状況だった。謀略や偽電の可能性が、捨てきれなかったからだ。米空母機動部隊が本州の東方海上を接近しつつあることは、昨日午後の時点で判明していた。

米艦隊の接近を通報してきた哨戒特務艇は、その後すぐに消息を断っている。おそらく母艦搭載機に攻撃されて、一人の生存者も残さず沈んだものと思われる。つまり米軍も艦隊の動向が、把握されたことを知っているはずだ。

その上で自位置を曝露するかのような、母艦との交信をはじめた。鶴丘中尉でなくても、不審に感じるはずだ。判断に自信が持てないまま、無線電話の解読をこころみた。特に英語が堪能というわけではないが、単純な構造の文章らしく苦労はせずにすみそうだ。

符丁や略号の類は使っていないし、通話の大部分は下品きわまりない性的な罵倒語の連発だった。だからその部分を無視すれば、文意を理解するのは簡単ではないか。そう考えて、作業をいそいだ。結果は予想を裏づけるものだった。

やはり偵察機は、機位を失したらしい。無線帰投方位測定器を作動させるから、低出力の電波源を作動させるよう母艦に要請している。だがこれは、さすがに拒否された。母艦の通信担当者は偵察機のとるべき針路と、大雑把な飛行時間を伝えるにとどめた。

偵察機の現在位置を推定した上で、母艦にもどる最短経路を示したようだ。子供にいって聞かせるような辛抱づよさだが、偵察機のパイロットはそのことに気づいていなかった。通信担当者を売春婦の息子呼ばわりしたあと、通信を終えた。

鶴丘中尉は記憶を失わないうちに、すばやく二点の位置関係を算出した。海上を航行中である敵空母と、帰投しつつある偵察機の推定位置を重ねあわせた。その上で、自分たちの厚木基地との位置関係をもとめた。

結果はすぐに出た。予想した位置と、あまり大きな違いはなかった。過去の艦隊基準速力と比べても、矛盾はなさそうだ。それでようやく、迷いから抜けだせた。もしも敵が素人でなければ、海軍航空隊をなめているとしか思えない。

第三〇二海軍航空隊の彩雲改は、房総半島の東方海上に進出していた。厚木基地を発進して、哨戒線の先端ちかくに達したところで敵信を傍受したのだ。中尉にとっては、腹立たしい話だった。敵陣に斬りこむ覚悟で乗りこんだのに、拍子抜けする結果になった。

電信員の埜崎《やざき》飛長から受けとった受信紙の記入欄に「要返信。至急『テキ連送』」と記したあと、敵艦隊の予想針路を追加記入した。そして肩ごしに、後席の埜崎飛長に手渡した。飛長は怪訝そうな声で問い返した。

「『テキ・テキ・テキ』ですか?」

鶴丘中尉は即答しなかった。埜崎飛長が不審を感じるのも、当然だったからだ。「テキ連送」は「空母ヲ含ム敵艦隊発見」を意味する略号だった。ただし中尉自身は、実際に敵空母を視認したわけではない。原則論からいえば、避けるべき行為といえる。

迷っていたのは、短い時間だった。中尉はあらためて打電を命じた。敵空母の直掩機に発見されて、追撃される可能性はいつも考えておくべきだ。逆探知だけで位置を特定するのは根拠にとぼしいが、打電を躊躇っているうちに撃墜されたのでは元も子もない。

さしあたり第一報を送信して、確認のあと第二報を送信すればいいと考えた。それに最近の米軍は、以前と違って緻密さが欠けている。謀略や偽電で日本軍を混乱させるような、巧妙な手は使わないだろう。

なんとなく大雑把で、荒削りな行動をとることが多くなっていた。時間をかけて作戦を練る余裕がないらしく、ときおり信じられないような齟齬が生じる。米軍という巨大な組織全体が、浮き足立っているともいえる。

——何をそんなに、急いでいるのか。

同様のことは、他のものも感じているようだ。確証がないため話題にはならないが、何かのきっかけで同意を求められることがあった。漠然とした思いは、誰もが共有しているようだ。断片的に伝わってくる敵の動きからも、そのことは感じられた。

計画の強引な前倒しは珍しくなく、以前には聞かなかった不注意による事故が多発しているという。以前なら予備戦力を充分に用意して、戦力が低下すれば交代させていた。戦況によっては中級指揮官以下を、そっくり入れかえることも珍しくなかった。

それを可能にする広い視野と、長期的な計画性があったといえる。ところがいまは、妙に拙速で場あたり的な対応がめだった。緒戦の後退時期を別にすれば、米軍は中盤以降の戦闘を有利に展開してきた。

そのために多少の齟齬は、勢いで乗りきることができた。普通なら負け戦で終わるところで

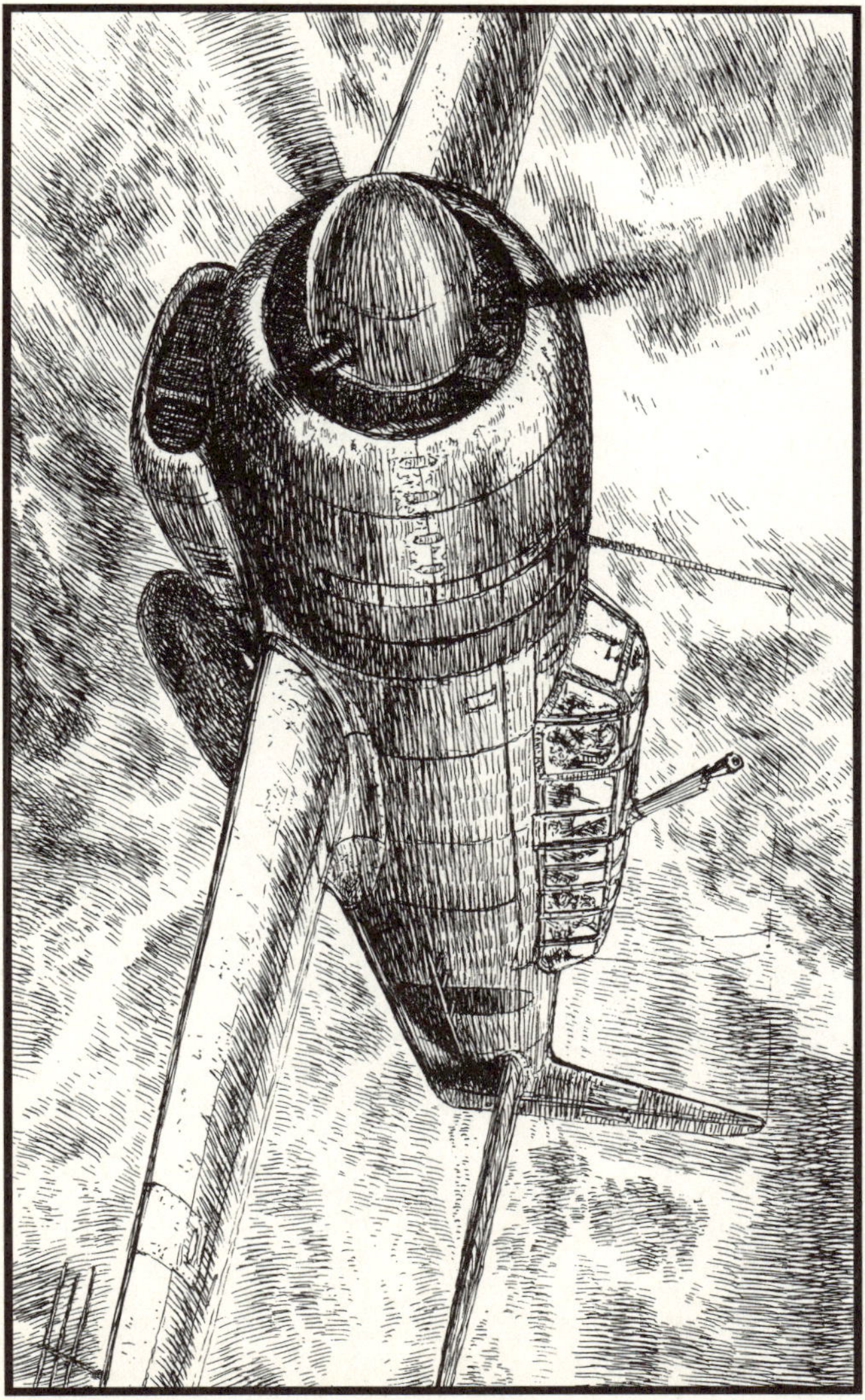

彩雲改

も、強引な力押しで乗りきることが可能だった。いいかえれば米軍には、まだそれだけの余力があったのだ。だがそれも、いずれ底をつく。

我が軍に勝機があるとすれば、その瞬間をとらえるしかない――それが鶴丘中尉の、素直な印象だった。機会は一度だけだった。もしも好機を逃せば、二度めはないと考えるべきだ。そう結論をだして、中尉は気持を切りかえた。

すぐに敵空母の発見をつげる第一報が、厚木基地にむけて発信された。同時に転針して、敵空母の推定位置に機首を指向させた。思惑どおりなら五分とかからないうちに、彩雲改は敵空母機動部隊の上空に出るはずだった。

ところが機首を敵空母の予想位置に指向した直後に、操縦員の永嶋《ながしま》二飛曹が声をあげた。二飛曹は搭乗員の中で、もっとも視力がよかった。機体を立てなおした直後に、いちはやく機影を発見したらしい。

ただし中高度に広がる雲のせいで、高速航行する空母機動部隊や航跡はみえない。そのかわり雲の層を抜けて、次々に機影が上昇してくるのを視認したらしい。機載電探で確認するまでもなかった。眼下の海上で、空母機動部隊が航空隊を全力発進させつつあるのだ。

関東地方に点在する防空戦闘機の基地を、圧倒的な航空戦力で殲滅する気らしい――そう鶴丘中尉は見当をつけた。一部は彼らの彩雲改を指向する可能性があるものの、主力は硫黄島の上陸を支援するための事前攻撃が目的で放たれたのだと思われる。

「高度はどうします？　酸素瓶には余裕がないので、長時間にわたって高々度を維持するのは危険です――」

　永嶋二飛曹が訊ねた。大馬力の敵戦闘機にくらいつかれても、悠々とふりきって遁走《とんそう》できる逃げ足の速さが彩雲改の身上だった。韋駄天《いだてん》なみの高速飛行に、追いつく敵戦闘機など存在しなかった。そのかわり、普段の整備や搭載物品の点検は欠かせない。

　わずかな重量の増加が、速力や上昇力の大幅な低下につながりかねなかった。高々度飛行に欠かせない酸素瓶を、定数をこえて持ちこむと重量超過が無視できなくなる。何らかの理由で高々度飛行が予定以上に長引くと、非常に危険だった。

　断続的に酸素を吸入するなど、酸素の消費量を節約する工夫が必要になってくる。鶴丘中尉は手にした双眼鏡を、遠くの機影に指向したまま応じた。

「八〇〇〇に上昇。たぶん空母の上空に、雲はない。八〇〇〇メートルの高さからでも、充分に偵察できると思う」

　その途端に永嶋二飛曹と埜崎飛長が、同時に息をのむ気配が伝わってきた。すぐには信じられないらしく、永嶋二飛曹の復唱はわずかに遅れた。鶴丘中尉による訂正を、期待していたのかもしれない。だが中尉の意思に、かわりはなかった。

　一瞬の間をおいて、彩雲改は上昇を開始した。じりじりと高度をあげて、八〇〇〇メートルの線に近づいていく。一般的にいって酸素供給なしに人間がたえられる高度は、六〇〇〇メートルまでとされている。

　その高度では気圧が平地の半分以下だから、

希薄な大気に慣れている搭乗員でさえ危険な飛行になる。長時間の曝露は、危険だとされていた。経験のとぼしい搭乗員や飛行作業の現場から遠ざかっている要員であれば、この高度でも命を失う可能性があるという。

ただ鶴丘中尉の経験では、訓練された搭乗員なら八〇〇〇メートルの高さでも行動は可能だった。無論、制約はある。酸素供給を停止したまま、その高度で長く負荷をかけると確実に死ぬ。即死しないまでも、眼底出血や意識の混濁などを引き起こしかねない。

それにもかかわらず酸素瓶の搭載量をふやそうとしなかったのは、敵機による追撃を想定したからだ。今回の偵察行で確認するのは、敵艦隊の位置や針路ばかりではなかった。空母搭載飛行隊の戦力規模——あるいは艦載機の総数を、推定しなければならない。

米軍は多数の空母を集中使用する際、いくつかの戦闘単位——輪形陣に分割して運用するのを定石としている。攻撃に対して脆弱な空母を陣形の中心部にすえて、周囲を防空火器が充実した戦闘艦でかためるのだ。ただし輪形陣の規模には上限がある。

あまり大きくしすぎると、艦隊運動に支障がでるからだ。通常はエセックス型などの正規空母と、小型だが艦隊型に準じた戦力を有するインディペンデンス型軽空母を、あわせて三隻ないし四隻で一群の輪形陣を編成していた。

四カ月前に発生したマリアナ海戦で米軍は、あわせて十数隻の空母を四群の輪形陣に分割して戦闘にのぞんだ。そして少なくとも一隻のエセックス型空母を失い、もう一隻が大きな被害を受けた可能性があった。ただし情報不足から、詳細は現在も不明のままだった。

米海軍の被害は小型の軽空母にもおよび、インディペンデンス型軽空母二隻が撃沈確実とされていた。日本側も改装空母三隻を失っていたから、喪失した空母の数だけをみれば双方の痛みわけと判定することも可能だった。

だが客観的にみれば、米軍の方が傷は深いと考えられる。正確な判断は当事者でないと下せないものの、致命部に達している可能性さえある。その根拠は失われた艦上機搭乗員の数にあった。

戦闘の経緯からして、日本軍は搭乗員の損失がさほど大きくなかった。そのためこの四カ月間を、航空機材の更新や搭乗員の技量向上にあてることができた。ところが米海軍航空隊は搭乗員の大量損失を、基礎訓練から着手した上で補充せざるをえないのだ。

普通に考えれば、わずか四カ月で再建できるとは思えない。接近しつつある米空母機動部隊が、実は張り子の虎という可能性もあった。それでも、油断するのは危険だった。どれほど不利な状況下でも、米軍は安全で着実な方法を選択してきた。

まして投機的な奇手を使うことなど、決してなかった。いつも正攻法で、勝つための条件はすべてそろえてきた。だから、つけいる隙をみつけられずにいた。日本軍は苦しい戦いをしいられたが、今回は少しばかり様子が違っていた。米軍に焦りが感じられたのだ。

この点をたくみに突けば、米軍の進攻を食いとめられるのではないか。そのためにも、米空母機動部隊の陣容は正確に知っておく必要があった。単一の輪形陣のみを偵察すれば、任務が終了するわけではなかった。

　担当する哨区の内部には、複数の輪形陣が航行している可能性がある。その場合は発見した輪形陣のすべてを、鶴丘中尉機が偵察して報告することになる。隣接した哨区の偵察機が、なんらかの理由で飛来しなかった場合もおなじだ。

　直掩機の追撃をかわしながら複数の輪形陣を偵察するのであれば、高々度からの進入以外に選択の余地はなかった。

2

　高々度から見下ろす海面は、平穏の一言につきた。移動するにつれて中層の雲は薄れ、吹きはらわれて透明度をました。そして希薄な大気ごしに、群青色の海面があらわれた。うねりはあるはずだが波頭は砕けておらず、小波ひとつみあたらない。硬質な印象を受ける海が、どこまでも広がっている。

　海面の乱れは、唐突にあらわれた。輪形陣を組んだまま航過した米空母機動部隊が、海面上に残した航跡らしい。輪形陣ごと転針して風に立った痕跡が、明確に残っている。発艦作業はまだつづいているらしく、艦隊の陣形が変化しそうな兆候はなかった。

　好機だった。この状況なら一航過で、写真偵察を終えることができそうだ。念のために周辺大気の動きを確かめたが、いまのところ気象が急変しそうな兆候はなかった。太陽の直射で海面温度が上昇するのは、もう少し先のことになるはずだ。

　それまでの間に、視野を閉ざす密雲が発生しそうな兆候はなかった。そのことを確認した鶴丘中尉は、双眼鏡による観測を後席の埜崎飛長にまかせて自分は写真偵察に専念した。すでに高度は、八〇〇〇メートルに達している。

　ここまで二度にわけて短時間の酸素吸入をおこなった結果、体はかなり低圧環境に順応していた。ただし平地なみの能力は、望むべくもない。動作は緩慢で正確さに欠けるから、高所用の作業手順を、あらかじめ用意しておく必要があった。

　酸素が供給されないものだから、指先が凍りつきそうなほど冷たかった。すぐに痛みしか感じなくなって、それも次第に遠のいていった。これは危険な状況だった。痛みさえ感じなくなると、あとは指先や鼻の先端部が壊死を起こして脱落するだけだ。

　それを避けるために、指を口にくわえて温めた。そうしなければ、写真機を操作できないのだ。口の中は乾ききって、ひとしずくの唾も出てこない。鼻先や耳の先端部は、その方法が使えなかった。マフラーでおおっておいて、息を吹きこんで温めた。

　航過を終えたときには、息も絶えだえになっていた。心臓が破裂しそうな勢いで鳴り響き、胸が鼓動のたびに激しく痛んだ。それなのに全身を包みこむ寒気からは、逃れられない。鶴丘中尉は息を切らしながら、作業の終了をつげた。

「敵艦隊第一輪形陣に属する空母は、エセックス型一およびヨークタウン型一。他にインディペンデンス型二。護衛艦艇のうち高速戦艦は――」

写真偵察が終了するのを待っていたらしく、埜崎飛長が乾いた声でつげた。写真偵察中は一定の針路と高度で、直線飛行することになっている。泊地偵察ほど厳密ではないが、手順を逸脱すると予想外の結果が生じることがある。現像された写真をみて後悔しても、やり直しはできないのだ。たとえ敵機が急接近しても、回避運動をとることは許されない。

そのような状況下で、無酸素の高々度飛行をおこなった。人によって体質に差違があるらしく、埜崎飛長は他の二人よりも高度順応が遅かった。最終的には二人と同等に行動できるのだが、高々度に踏みこむ当初は苦労するようだ。

埜崎飛長が伝えた艦型の意味を、鶴丘中尉は考えていた。酸素不足のせいで頭痛がひどく、頭を使うのが苦痛だった。堪えるしかないが、結果はそれほど複雑ではなかった。マリアナをめぐる航空戦時とくらべて、いくらか空母機動部隊としての規模が落ちている。

眼下の輪形陣で確認された艦隊型正規空母のうち、ヨークタウン型というのはエンタープライズだろう。戦前から艦隊籍にある古強者で、いくつもの海戦を経験していまに至っている。マリアナ戦時にも輪形陣ひとつに、四隻の空母がふくまれていた。

現在もマリアナ戦時の戦術を踏襲しているのであれば、艦隊型正規空母と軽空母が各二隻で一群の輪形陣を構成している可能性がある。ということは残りの輪形陣は一群だけで、中核をなす空母はエセックス型とインディペンデンス型が、二隻ずつになる。

埜崎飛長は、くぐもった声でつづけた。

「第二報を送信しますか」

「願います」

鶴丘中尉は即座に応じた。情報分析と情勢判断は、上級司令部の仕事だった。偵察機の搭乗員は、情報を送信するだけでいい。そう考えて、電文を作成した。電鍵を叩きはじめるころには、埜崎飛長の体調は回復したようだ。正確な打鍵の音が、心地よく響いた。

その音を耳にしながら、取りもどした双眼鏡で周囲の見張りをはじめた。その直後に、気になるものをみつけた。かなり前から、追尾していた機体だった。引き離したとばかり思っていたが、いつの間にか距離をつめていたようだ。

緊張で胸が高鳴った。鶴丘中尉は他の者に伝えた。

「右舷後方一三五度、高度六〇〇〇。敵影らしきもの。単機あるいは二機。接近中」

「右舷三〇度、機影多数。距離は……おおよそ二〇〇〇」

中尉の言葉とほとんど同時に、永嶋二飛曹が告げた。二人が「発見」したのは、同一の機影だとばかり思っていた。だが実際には別の目標を、視認していたようだ。方角や距離が、大きく違っている。状況からして、別の空母群から発進した機影らしい。

あの機影の後下方あたりに、第二の輪形陣が航行しているのかと思った。だが周辺の水平線付近は、視野がにじんで不明瞭だった。もっとよく確かめるつもりで、身を乗りだしたときだった。いきなり衝撃が機体を貫いた。

反動で体が放りだされて、縛帯で引きもどされた。何が起きたのか、見当もつかなかった。固定が不充分だった艤装品が、大きな音とともに床を転がった。真空管や表示装置が、何本かたてつづけに破裂した。飛散した硝子《ガラス》片が散乱して、耳障りな音をたてた。

とっさに永嶋二飛曹と、埜崎飛長の名を呼んだ。二人とも無事だった。硝子片による切り傷程度で、大事にはいたらなかったようだ。衝撃は断続的に伝わってくる。だが最初の時ほど、激しいものはなかった。永嶋二飛曹が妙に緊張感を欠いた声で告げた。

「高角砲弾が、至近距離で起爆したようです」

それでようやく事情が把握できた。周辺の空間には、砲弾が炸裂したらしい爆煙が広がっている。高度の把握は正確だが、彩雲改の速度を読み違えていたらしい。最初の一発が至近弾になった以外は、いずれも後方で炸裂していた。

敵戦闘機が、接近を控えるはずだ。不用意に近づくと、味方の高角砲弾に叩き落とされる。ところが彩雲改は、いまだに針路と高度を一定に保ったまま定速飛行をつづけていた。このままでは破片が命中して、彩雲改は撃墜される。

それにもかかわらず、搭乗員の誰も事態の深刻さに気づいていなかった。何が起きたのか、歴然としていた。酸素不足で極度に思考力が低下して、常識的な判断ができなくなっているらしい。

呼吸補助具による酸素吸入なしに高々度領域に踏みこむと、ときおり同様の症状を引き起こすことがあるという。予想外の間違いを重ねた結果、ついには取り返しのつかない失策をおかす。焦る気持をおさえて、鶴丘中尉は正常な判断をくだした。

「針路三〇度。高度一〇五〇〇へ」

そう命じた直後に、酸素供給を再開した。一気に増量する気はない。全員の面被いに少量ずつ、酸素がいきわたるように栓を開いただけだ。酸素瓶からの吸気を外気と混合することで、高度六〇〇〇メートル程度の酸素分圧を実現していた。

酸素濃度が低いことはおなじだが、平地の半分ちかくあるから体にかかる負担は少ない。八〇〇〇メートルの高度を無酸素で耐え抜いた彼らには、何ほどのこともなかった。機体はじりじりと高度をあげて、やがて一〇〇〇〇メートルをこえた。

先ほどよりも高く上昇したのに、順応に成功したらしく息苦しさは感じない。そのかわり手足の先に、締めつけられるような痛みを感じた。一時的に凍りついていた体組織が、血流の回復によって解けだしているようだ。

そのせいか心臓の鼓動にあわせて、痛みの脈動が伝わってきた。万力で指先を潰されていくかのような感覚が、規則正しく患部を駆けぬけていく。それでも、耐えるしかなかった。時間がすぎて体組織が完全に解けるまで、何もすることはない。

下手にいじると再生能力が阻害されて、変形した患部が残るだけだ。そっとしておけば、皮膚が裂けたり水泡ができる程度の症状でおさまる。痛みは体組織が生きている証《あかし》だと思って、記憶にとどめておくしかない。

案の定、後方を追尾する敵戦闘機は高度一〇〇〇〇メートルあたりで息をついていた。たぶん彩雲改のあとを追いきれず、このまま引き離されるのではないか。単座の艦上戦闘機は通常、排気タービン過給機を装備していない。

その必要が、ないからだ。高々度から逆落としに突っこんでくる急降下爆撃機でさえ、攻撃前の高度が八〇〇〇メートルをこえることはない。水平爆撃時の艦上攻撃機も同様で、機体の実用上昇限度は八〇〇〇メートル程度でしかなかった。

現在では水平爆撃という攻撃手段自体が使われなくなっていたから、直掩機である艦上戦闘機にも高々度性能は期待されていない。その隙をつくようにして、排気タービン過給機を装備した彩雲改が実用化されたらしい。

操縦室周辺を与圧区画にした案も検討されたというが、信頼性に問題があるため採用は見送られた。その結果、米軍の戦闘機は執拗に彩雲改を追跡することになった。普通に吸入していたら、いずれ酸素がきれて中高度に下降しなければならなくなる。

敵はその時を待っていた。だが鶴丘中尉も、敵の思いどおりに動く気はない。搭載する酸素瓶の量を増やせば、航続距離や速度が低下する。それは本意ではなかった。高度を落としても彩雲改なら逃げきることは可能だが、それでは次の輪形陣が偵察できなくなる。

無論、状況次第では写真撮影を省略することもできた。ことに偵察対象となる敵艦隊が航行中の場合は、視認した状況を打電するだけでも可とされていた。それでもやはり写真撮影にこだわるのは、敵機の圧力に屈したくなかったたせいばかりではない。

　目視だけでは気づかない改装の跡が、写真には残っている。過去の写真と見比べれば、米軍が搭載兵器の何を重視しているのか一目瞭然だった。判定するのは中尉自身ではないが、情報の提供は途切れさせたくなかった。

　彩雲改は快調なエンジン音を響かせている。この分なら次の輪形陣も、問題なく偵察できそうだと鶴丘中尉は考えていた。

3

　空母を中核とした米艦隊の輪形陣は、二群しか存在しなかった。

　第六三四海軍航空隊の上南部《かみなんぶ》大尉は、そのことを防空巡洋艦大峰の作戦室で聞いた。最初に感じたのは、戸惑いだった。米軍の戦略と作戦目標を勘案すると、報告された敵艦隊の陣容は予想外に小規模だった。かといって、偵察機が見落としたとは考えにくい。

　すると考えられる可能性は、ひとつしかなかった。第三の輪形陣は間違いなく存在する。そして偵察機も、その情報を打電している。ところが続報は、なんらかの原因で大峰には届かなかった。その結果、敵艦隊の規模が正確に伝わらずに終わった。

　ところが現実的に考えると、その可能性も低いといわざるをえない。艦上偵察機からの通報を、大峰が傍受できなかったとは思えないのだ。かりに受信もれが発生したとしても、重要な電文は再送信されることが制度化されている。本来の送信先である三〇二空が、同一の電文を暗号化されたまま再発信するのだ。

宛先の中には大峰に司令部をおく第一機動艦隊司令部や、同航する航空戦艦に座乗する六三四空司令部もふくまれていた。だから重要な情報は最低でも二度、傍受あるいは受信する機会があるはずだ。

受信もれとは考えにくいのだが、大尉はまだ疑いを捨てきれずにいた。通信に問題がなかったとすると、偵察機の捜索が不充分だということになる。捜索の手がおよばない雲の下に、別の輪形陣がひそんでいたのかもしれない。そんなことを思わせるほど偵察機からの報告は、拍子抜けするものだった。

こんなときは冷静になって、最初から考え直すべきだった。敵戦力が予想を大きく下まわっているものだから、思いこみが強すぎて論理的な考えからも逸脱していた。しかも耳にした情報が意外すぎて、直感からも外れていた。

——我が母艦航空隊を、なめているのか。

情報に疑いの余地がないとわかってからも、上南部大尉はまだ懐疑的だった。工業化の進展したアメリカでは、現在もエセックス型正規空母やインディペンデンス型軽空母の量産が進展しているらしい。

つまり時期がすぎれば、大量の正規空母が戦力化されるのだ。ところが米軍は、拙速で次の目標である硫黄島に上陸部隊を指向してきた。上陸部隊を乗せた船団はまだ確認されていないが、軍令部筋の情報ではその動きがあるらしい。

そうなると米空母の総数が八隻というのは、ますます信じがたかった。やはり未発見の輪形陣が、存在する可能性は捨てきれなかった。断片的な情報を重ねあわせるうちに、そんな気がしてきた。かといって敵の空母が全部で八隻だけなら、それはそれで問題がある。

　未発見の敵がいるよりは数段ましだが、あまり愉快な状況ではなかった。米軍に見くびられていることになるからだ。だが現在までのところ、これを裏づける証拠はなかった。米軍は戦力不足のまま、硫黄島に上陸する気らしい。

　不審に思って、古参の搭乗員に見解をただした。その搭乗員は、したり顔でいった。

「そろそろ農繁期ですからな。田植の時期までに、戦争を仕舞いにしたいんでしょう」

　反応に困る言葉だった。アメリカに農繁期があるのかどうか、上南部大尉も知らなかった。そのため応じることができず、そこで話題は途切れた。関東の東方海上に進出した海軍機のうち、米空母機動部隊と遭遇したのはその彩雲改だけだった。

　他の偵察機が重複して、おなじ空域を偵察することはない。前日の午後に米空母機動部隊の接近を通報してきた哨戒特務艇は、消息を断ったままだった。潜水艦による哨戒線は、硫黄島の周辺に集中して配置されている。

　そして大峰を旗艦とする第一機動艦隊は、前日の日没後に作業海域を離れていた。このまま米艦隊の推定位置に直進しても、攻撃圏内に入るのは明日の正午ごろになる。それくらいなら先まわりして、硫黄島の近海で待ち伏せするべきかもしれない。

　そうすると搭載機の発進と航空戦の開始は、早くても明日の午後くらいになりそうだ。事実関係をたしかめる時間は、充分にあった。だが、いくら待っても続報は入電しなかった。それにもかかわらず居あわせた艦隊司令部要員は、誰一人として意外そうな顔をしていない。

不審に思って問いただすと、参謀の一人がなんでもないようにいった。

「敵空母の総数が八隻なら、これまでの戦闘経緯とも辻褄があっている。たしかに米軍は少しばかり急いでいるが、異様さを感じるほどではないのではないか。

彼我の戦力比から考えても、八隻の艦隊型空母は決して少なくない。我が方の航空戦力を、大幅に上まわっている」

そういって上南部大尉に、うなずいてみせた。

米空母機動部隊による日本本土への空襲は、対日戦略を構築する際に避けることのできない通過点だった。事前に兆候がいくつも存在するから奇襲にはならず、米軍にとっては危険きわまりない作戦といえる。

逆に日本側は、手ぐすねを引いて待ち構えることができた。米軍のとりうる対策は、ひとつしかない。可能なかぎり戦力を集中して、被害を低く抑えるのだ。ところが確認された八隻の空母のうち、半数は搭載機数の少ないインディペンデンス型軽空母だった。

戦力的には侮れないとはいえ、軽空母の搭載機数は主力をなすエセックス型正規空母の半数程度でしかない。したがって搭載機の総数は、五五〇機程度になる。実際にはマリアナ諸島に進出したB29などの陸軍機が、これに加わる。

そう考えれば米軍の航空戦力は、少なくなかった。むしろ日本軍の航空戦力——搭載機はもとより、熟練搭乗員の数は不足気味といえた。

その上に一時は対艦攻撃の形を一変させるとまでいわれた翔竜は、量産態勢の遅れから供給量が充分ではなかった。

米空母機動部隊の進出を察知して緊急出動したものの、第一機動艦隊の搭載機数はあまり多くなかった。攻撃力の中核をなす第一航空戦隊に、防御と索敵などを主任務とする第四航空戦隊をあわせても二六〇機程度でしかない。

つまり米空母機動部隊の、半数以下だった。日本軍は空母搭載機の他に陸海軍の基地航空隊を統合運用できるが、これは米軍も条件はおなじだった。むしろ稼働機がすでに一〇〇機をこえているB29の破壊力は、日本軍をはるかに凌駕している。

そういった点を考えあわせれば、確認された米空母が八隻というのは妥当な数に思える。ただ米軍にしては、投入する戦力が中途半端な気がした。普段の米軍なら「牛刀をもって鶏を割く」ようなことを普通にやっている。

あるいは充分な予備戦力を用意した上で、正面突破をこころみる。そして一定量の損害が生じれば、すみやかに交代させるのが米軍の常套手段だった。物量にものをいわせて力押しに攻めこんでくる印象が強いが、実は正攻法をくり返しているだけだ。

ことにエセックス型空母が戦列に加わってからは、そのような傾向が顕著になっていた。日本軍も善戦したが、形勢を逆転するまでには至っていない。最初の戦力差が大きすぎて、一度や二度の勝利では状況が変化しないのだ。

マリアナをめぐる海戦で米海軍は、五隻のエセックス型空母をふくむ十二隻ないし十三隻の艦隊型空母を投入してきた。搭載機の総数は八〇〇機にも達したが、これは米海軍が準備した戦力の総数ではなかった。

日本側情報機関の分析によれば、海戦の前に米海軍は二隻のエセックス型空母を失った可能性があるらしい。その結果、投入された搭載機の総数は一〇〇〇機から八〇〇機にまで減じた可能性があるというのだ。

その状態で日米の母艦航空隊は、マリアナ海域をめぐる戦闘にのぞんだ。そして激闘の末に米海軍航空隊の艦隊型空母はわずか八隻、搭載機数は五五〇機にまで低下した。事実上の戦力半減であり、この状態で硫黄島への上陸を急ぐのは危険だった。

ある意味で投機的な作戦であり、正攻法から逸脱することのない普段の米軍らしからぬ選択といえる。次のエセックス型空母が艦隊籍に編入されて、母艦航空隊が再建されるのを待てばよかったのだ。

時間をおけば日本海軍も戦力を回復するが、工業力に大きな差があるから日本が特に有利というわけではない。作戦の開始を遅らせた方が、米軍には有利なのだ。ここでおなじ疑問が出てくる。米軍は何をそんなに急いでいるのか。

マリアナ海戦では、日本側も大きな被害を受けた。米海軍に比べて傷は浅かったとはいえ、投入した一〇隻の空母のうち三隻を喪失していた。第三航空戦隊の千代田と瑞鳳、そして第二航空戦隊の飛鷹が沈んだ。だがこれは、最初から計算された被害といえる。

敵の攻撃が三隻に集中した結果、四隻の正規空母——第一航空戦隊の翔鶴と瑞鶴、第五航空戦隊の飛龍と仙丈は生き残った。ただし二航戦の隼鷹は無傷で帰投したのに対し、一航戦の翔鶴は大火災が発生して長期の修理が必要という結果になった。

これは計算ちがいだったのではないか。誰も公然とは口にしないが、第一機動艦隊司令長官の意図は明白だった。戦力的に劣る小型の軽空母を前衛において敵の攻撃を吸収させ、大型で搭載機数も多い正規空母を中軸と後衛に配置して生存性を高めようとしたらしい。

虎の子の正規空母を守るために小型空母を矢面に立たせた格好だが、この解釈は正確ではない。司令長官の真意は、少しばかり違っていた。航空戦の序盤から中盤にかけて正規空母の損害を最小限におさえたのは、戦闘の最終局面に全力攻撃をしかけるためだ。

米軍の戦略目標は硫黄島の攻略であり、米空母機動部隊の任務は周辺空域の制空権を確保することにある。したがって空母同士の戦闘が互角に終わっても、米軍は勝利条件を満たしていないことになる。

極端なことをいえば一隻でも日本海軍に空母が残っていれば——硫黄島に有力な基地航空隊が残存している状態なら、たとえ第一機動艦隊が全滅しても米軍は最終的な勝利を手にできないことになる。

そのための正規空母温存であって、戦闘の終了後も生きのびるためではない。航空戦の終盤には敵と刺し違える覚悟で、機会をうかがっていたようだ。ところが好機はえられず、結局は双方が痛み分けの状態で矛をおさめた。

前衛部隊の中核をなす改装空母三隻が沈んだ

ために、第一機動艦隊の陣容は大きく変化した。それでも艦隊司令部は、方針をかえようとしなかった。マリアナでは不首尾に終わったが、基本方針が間違っているとは思わなかったらしい。同様の航空戦を、硫黄島でもくり返す気らしい。残存する空母を二分した上で、前衛と後衛にふりわけた。以前のやり方を踏襲して三群編成にしなかったのは、空母の数が足りなかったせいばかりではない。

各部隊の動きが複雑になって、同士撃ちが発生する危険があるからだ。実際にマリアナでは陣形が乱れて、味方の護衛艦艇に砲撃された航空機もあったようだ。たとえ混乱が生じなくても、防御力の弱い小型空母を前衛に配置するのは忍びない。

というより士気にかかわる大きな問題だった。前衛に配置された航空母艦は、ひそかに「殴られ役」とか「被害吸収艦」などと呼ばれていた。一度だけなら粛々としたがうが、二度めになると反発は無視できないのではないか。

艦隊司令部も、その点は充分に認識していたようだ。今回の前衛に割りふられた空母は、いずれも撃たれ強さが身上の頑丈な艦だった。しかも艦隊防空の要となることが期待されていたから、対空火力も充実している。

最新鋭の防空巡洋艦大峰は、第四航空戦隊の旗艦であると同時に防空と対潜哨戒の中枢でもあった。マリアナにおける航空戦を戦訓として、単に撃たれづよいばかりではなく、強力な対空兵器を搭載していた。

防空の中核をなすのは、艦上戦闘機「紫電《しでん》改《かい》」だった。大峰自体の搭載機にくわえて、航空戦艦への改装を終えた伊勢と日向の搭載機を統合指揮している。射出機からの発進も可能な「紫電改」の定数は、三隻がそれぞれ一二機ずつ合計三六機になる。

三隻のうち伊勢型の二隻は航空戦艦だが、大峰は防空巡洋艦に類別されている。ただし三隻の外形は酷似していた。いずれも一番と二番を残して主砲塔を撤去し、斜行した飛行甲板が艦尾から艦橋構造物の横まで設置されている。

三隻とも二砲塔四門の主砲を残しているだけだが、口径は伊勢型が三六センチであるのに対し大峰は四〇センチと突出している。ただし改装の基礎となったのが巡洋艦だから、防御力は主砲の威力と釣りあっていなかった。

もしも戦艦と遭遇して大口径主砲で狙い撃たれたら、快速を利して遁走するしかない。設計基準を無視した用兵側の無茶な要求を、次々に受けいれたせいだ。結果的に鵺《ぬえ》を思わせる正体不明の戦闘艦に、なってしまったようだ。

4

秋津大佐にとっては、判断に迷う状況だった。

本土の東方海上にあらわれた米空母機動部隊は、早ければ今日の正午すぎには関東の沿岸部に到達すると考えられた。東京およびその周辺には多数の軍需工場が点在し、労働力の供給源となる人口密集地もこれに重なっている。

防衛拠点としての航空基地や、高射砲部隊も多く配置されていた。防空戦力の主力は陸軍第一〇飛行師団で、保有する戦闘機の総数は三〇〇機ちかかった。ただし防空の専任部隊とはかぎらず、練度が不充分な部隊も少なくなかった。

前線で戦力を消耗して内地で再編されつつある部隊が、防空任務も割りあてられているというだけだ。制空戦闘には不向きな夜間戦闘機隊もあるから、戦闘に投入できるのは一〇〇機をこえる程度ではないか。

したがって空襲時の迎撃戦闘は、よほど注意してやらなければ返り討ちにあいかねない。補充されて間のない未熟な操縦者を、有力な敵戦闘機が集中する空域に接近させてはならなかった。技量が不足する操縦者には、他にやるべきことがあるはずだ。

地上破壊を避けるために機体を別の基地に移動するとか、爆撃態勢に移行しつつある敵の艦上攻撃機を威嚇する程度にとどめるべきだった。手強い敵との交戦は、教官級の熟練操縦者にまかせればいいのだ。

おそらく米軍は空母搭載機による本土空襲を、一日で終わらせる計画なのだろう。敵空母機動部隊の搭載機数は、五〇〇機を大きくこえているという。これだけの航空戦力が大挙して押しよせれば、再建途上にある陸軍航空隊などひとたまりもない。

正攻法で迎撃しようとすれば、鎧袖一触《がいしゅういっしょく》で蹴散らされるだけだ。海軍の基地航空隊も状況はおなじで、実質的な戦力はかなり低下していた。第一機動艦隊がマリアナで受けた損失を補充するために、基地航空隊から熟練搭乗員と艦上機を引き抜いていたのだ。

その中でも厚木基地の三〇二空は、他の部隊よりも戦力が充実していた。ところが今日にかぎって、主力が不在だった。マリアナ諸島の敵基地を攻撃するために、主力を引き抜いて小笠原に派遣していたのだ。

　本来なら今朝はやく攻撃を終えて、帰投しているはずだった。ところが当地は悪天候のために攻撃できず、身動きがとれなくなったようだ。天候が回復したとしても、攻撃を開始できるのは明日の早朝ということになる。

　状況は最悪だった。このまま事態が推移すれば、戦力強化中の陸海軍航空隊は再建が大きく遅れる。あとは米空母機動部隊による各個撃破が、延々とつづくことになる。温存されてきた第一機動艦隊は粉砕され、日本海軍は二度と空母機動部隊を保有できなくなる。

　そして硫黄島の守備隊は航空支援を受けられなくなり、孤立無援のまま戦うことになる。硫黄島の失陥は、連合軍による本土上陸の前哨となるだろう。一部とはいえ、本土を敵に占領されることの影響は大きい。以後の戦いは、住民を巻きこんだ凄惨なものになるはずだ。

　――今日と明日の二日間で、日本の命運は決まる。

　そう秋津大佐は考えていた。大佐ばかりではなく日本陸軍の将兵にとって、もっとも長い一日になりそうだった。場合によっては、命を失うかもしれない――そう考えたが、予感はことなる形で的中した。

　日付がかわった直後から、断続的に外交公電が入りはじめたのだ。さしせまった本土防空戦とは、直接の関係はなさそうな公電だった。当惑を感じるものの、何をするべきなのか思いつかない。相談する相手はおらず、一方に代理を立てることもできなかった。

以前から打診していた中華民国――国民政府要人との会談が、実現する可能性があるというのだ。ふってわいたような話だが、信憑性は高いとみていい。連絡してきたのは在上海の海軍駐在武官補で、癖の強い人物だが無視できない存在感があった。

幅広い人脈を利用して、長年の懸案事項を解決したことも一再ならずある。ただし、はずれも多かった。上海に駐屯する海兵隊の主計長に、詐欺師まがいの取り引きを持ちかけて大損をさせたこともあるという。

公費で穴埋めをしたことが発覚して、主計長は左遷された。だが当の駐在武官補は、帰国することもなく上海で勤務をつづけている。元は大陸浪人で馬賊の頭目だったとも、仏印あたりで海賊の軍事顧問をしていたともいう。

ただし本当のところは、誰も知らなかった。噂以上のことは確かめようがない。秋津大佐の知るかぎりでは、海軍兵学校を出た普通の海軍士官らしい。送られてきた公電は、ひどく慌ただしいものだった。第一報から数時間後には、もう第二報が送信されてきた。

民国政府高官は会談に応じる意向だが、そのためにとれる時間は実質三〇分程度でしかないらしい。しかも開始予定時刻は、明日の正午から夕刻までの間とされていた。一国の政府首班ともいうべき人物にしては曖昧な話だが、日本側の対応も不確定だった。

事前の根回しどころか政府の外交方針さえ確認していないのだから、無茶としかいいようがない。本来なら内閣総理大臣の小磯國昭《こいそくにあき》陸軍大将か、少なくとも外務大臣の重光葵《しげみつまもる》が出席すべきだった。だが急なことなので、相手側もそこまでは求めていないようだ。

むしろ実質的な政策決定にあたる日本の頭脳集団——外務省の少壮官僚や、陸軍の参謀本部作戦課員と予備会談をおこないたいと考えているらしい。これも変則的な要求だが、実現は可能だった。忌憚のない意見をかわせば、双方にとって意義は大きいはずだ。

長文の電報だった。意味が通りにくい部分もあったが、解釈できない文ではない。外交の本質を理解していれば、自然と発信者の真意は伝わってくる。「民国政府高官」が誰なのか記載されていないが、よく読めば明白だった。蔣介石以外に、考えられない。

名を明記しなかったのは、責任を問われないための方便だろう。非公式で非公開の予備会談とはいえ、秋津大佐が恣意的に出欠を決めることはできない。相手が蔣介石だとわかっていれば、外務省はもとより首相筋にも話を通さざるをえなくなる。

さもなければ独断専行として、責任を問われかねない。見方をかえれば蔣の名が記されていないのは、秋津大佐の上海来訪を前提にしているものと受け取れる。だが明日の正午というのは、いかにも急だった。普通のやり方では、とても間にあいそうにない。

事前に知らされていれば、予定を調整することも可能だった。だが残された時間は、あまりにも短かった。この状況で上海にこいといわれても、物理的に不可能だろう。寝台列車や定期船を乗り継いでいたのでは、最短でも丸二日かかってしまう。

しかもそれは、途中で船待ちをしなかった場合の所要日数だ。乗り継ぎがうまくいかなかったり、混雑がひどくて予約できなければその程度ではすまないだろう。それどころか米潜水艦が出没していたら、定期船が運航しなくなる可能性さえあった。

無論、無視する気はない。この機会を逃したら、二度めはないと考えるべきだった。詳細な状況は不明だが、万難を排して足を運ぶしかない。さもなければ、道は開けないだろう。

そのための方法は、ひとつしか思いつかなかった。海軍航空隊に、頼るしかなさそうだ。陸軍機は航続距離が短く、しかも洋上飛行に不安がある。予定通りに飛ばない程度ならいいが、航法を誤って墜落したのでは眼もあてられない。

捜索されること自体が期待できないし、救出される可能性はさらに低かった。自力で生き抜くのは、不可能といっていい。機体やエンジンに不具合があった時点で、もう命は終わりと考えるべきだった。

かといって海軍航空隊に、それほど親しい知人はいない。ただ私的な利用ではないのだから、後ろめたさを感じることはなかった。重要なのは事情を詮索せずに、無理をきいてくれるか否かだった。

そうなると、三〇二空の小園大佐くらいしか思い浮かばない。ただし事実関係が曖昧で、どこまで信じていいのかわからなかった。なんでも「命の恩人」らしいが、秋津大佐には思いあたる節はない。輸送機に乗りあわせるまで、小園大佐とは面識もなかった。

だが曖昧にすませる気はない。小園大佐は恩義を感じている様子だから、うまくやれば、上海までの便を確保できるかもしれなかった。つけ込むようで気乗りがしないが、他に方法はなさそうだ。断片的な記憶を辛抱づよく組みあわせて、小園大佐と自分の接点を確かめた。

考えつく可能性をすべて試して、関係のありそうな出来事を片端から拾いあつめた。結果は思わしいものではなかった。どちらから接近しても、共通する項目がみつけだせない。

――単なる誤解ではないのか。

それとも小園大佐の記憶違いかと考えたが、事情が不明だから次の手が思いつかない。八方ふさがりだった。諦めかけていたら、唐突に変化が起きた。一瞬で世界が組みかえられて、それまで不明だった事実関係が明確になった。

秋津大佐と直接のつながりはないが、小園大佐と関係のありそうな噂を思いだしたのだ。前の総理大臣で陸軍大臣と参謀総長を兼任する東條英機陸軍大将の、暗殺未遂計画に関する噂だった。その計画に、小園大佐も関与していたという。

ただし憲兵隊の捜査を受けたのは、一部の計画だけらしい。実際には複数の計画が連携することなく同時に進行していたらしく、発覚することなく有耶無耶に終わったものもあるようだ。小園大佐が関わっていたのは、海軍将校らによる計画だったと思われる。

政権末期には、どの計画が実行されてもおかしくない状態だった。それほど政治は、混乱していた。東條首相は独裁者としては、真面目すぎる人物だった。一人で陸軍大臣と参謀総長をかねるという無茶を押しとおしたのも、戦局を好転させたい一心からだった。

したがって小園大佐が口にした「海軍刑務所に放りこまれていた」という言葉は、決して大げさではない。ただし秋津大佐に対する評価は、過大にすぎる。しかも目的と手段を、混同していた。

秋津大佐が実際にやったのは、各務大佐に象徴される参謀本部の硬直化した人事の刷新だった。仕事熱心だが無能な参謀連中を、残らず入れかえなければ戦争には勝てない。そのためには、陸軍の体制自体をかえる必要があった。

そう考えた。そしてここまでは、暗殺を計画した者たちと秋津大佐の考えは一致していた。ただし、肝心な部分は違っていた。秋津大佐は参謀本部の人事を変革するために、まず重臣――首相経験者を動かして、内閣総理大臣を更迭するところから手がけた。

そして首相であると同時に陸軍の軍政と軍令の長を兼務していた東條大将を、最高権力者の座から引きずり降ろした。小園大佐が喜ぶのも当然だった。海軍刑務所は別としても「何十倍もうまいやり方」で目的を達成したというのは、決して誇張ではなかった。

5

時間がすぎたが、敵空母搭載機の動きは把握できずにいた。

すでに時刻は、正午に近づいている。未明に厚木基地を発進した彩雲改は、とうに敵艦隊の上空を離れていた。燃料がつきる前に、余裕をもって帰投させるのが基本方針だった。戦闘は長引くことが予想されるから、空中勤務者はできるかぎり温存しなければならない。

このときまでに陸海軍の情報共有は、実施部隊の段階まで進展していた。初期のころには機材の統一どころか、通信機の回線を共有することも困難だった。必要に迫られて陸軍航空隊の重爆撃機に、海軍の通信機を搭載することも珍しくなかった。

陸海軍の航空機が無線電話で情報を交換することなど、夢でしかない時代だった。それ以前に無線機器の整備技術が未熟で、雑音がひどく使い物にならなかった。通信機器自体が重要視されておらず、機体やエンジンの整備員が片手間に調整する程度だった。

現在では機能がさらに増加して、戦闘の様相も変化しつつあった。事前に機器の調整をすませておけば、海軍航空隊の搭乗員と陸軍地上部隊の指揮官が交信することも可能だった。将来的には海軍機による着弾観測を、陸軍の砲兵部隊に伝えることもできるはずだ。

無論、生の情報を傍受あるいは伝えるだけではない。情報の集積と分析を一元的におこなった上で、指揮下の部隊に知らせる機能も構築されつつあった。いまはまだ不完全だが、改善すべき点はわかっている。未完成とはいえ、つよい味方になりそうだ。

秋津大佐は前日から、市ヶ谷の参謀本部につめていた。

米空母搭載機の跳梁が予想されるが、これを阻止するための戦力は充分とはいえなかった。劣勢の陸軍航空隊と、主力を抽出した海軍航空隊の残存戦力があるだけだ。この状況で大佐がやるべきことは、ひとつしかない。

迎撃態勢の不備をみつけだして改良を加え、最善のものに作りかえて次にそなえるのだ。参謀本部の地下壕には、東部軍防空司令部の副室が設置されていた。第一〇飛行師団の指揮下にある各飛行戦隊の動向は、時間差をおくことなく副室に集積される。

したがって副室にいさえすれば、帝都とその周辺地域における航空戦の状況を概観することが可能だった。ただし戦況が把握できても、部隊を指揮することはできない。副室にその機能はなく、無線電話等で戦隊指揮官に照会することも禁止されていた。

それが可能なのは、竹橋の東部軍防空司令部主室に勤務する要員だけだ。編成からすると防空司令部の主室は、東部軍ではなく第一〇飛行師団の指揮下にあるといっていい。あえて「東部軍」の名をつけたのは、参謀本部から横槍が入るのを嫌ったせいだ。

参謀本部自体は秋津大佐によって改革が進められていたが、指揮系統を無視して用兵に口を出したがる輩がなくなることはない。そういった雑音を遮断するために、二重構造ともいえる複数拠点を構築したのかもしれなかった。

表向きは竹橋の司令部主室が爆撃等で損傷した場合にそなえて、市ヶ谷に副室が用意されたことになっている。そのような機能もたしかにあったが、地下壕内に構築された堅固な施設が容易に破壊されるとは思えない。

それ以外にも、いくつか理由が考えられた。たとえば防空部隊の増強によって主室の処理能力をこえた場合には、副室が第二防空司令部に昇格する可能性があった。現在は全般的な戦況や自軍の被害状況を、いち早く知るための施設として機能していた。

したがって参謀本部の要員が出入りすることは多かったが、それが竹橋の主室に無言の圧力をかけていたようだ。部外者が不用意に首を突っこめば、たちまち市ヶ谷から問いつめられそうな怖さがあるらしい。

現実的にいって、副室から主室の動きを監視するのは無理だった。そのような機能は、最初から組みこまれていなかった。設計段階にまで遡っても、要求された客観的な証拠は存在していないようだ。

秋津大佐は落ちつかない気分で、時計をたしかめた。米空母機動部隊の位置と搭載機の巡航速度からして、海岸ちかくの電波警戒機乙に反応があらわれる時間帯になっていた。ところが陸軍の電波警戒機乙はもとより、海軍の対空見張り電波探信儀にも反応がない。

——特性を読まれて、死角にもぐり込まれたのか。

その可能性は、高いと考えられた。ただ、即断する気はない。結論を急ぐべきではないと考えて、もう少し様子をみることにした。時間は緩やかにすぎていく。それにもかかわらず、米軍機の集団は一機も姿をみせようとしない。

秋津大佐は先ほどから、部屋の中央部に設置された表示板を注視していた。板面には第一〇飛行師団の守備担当地域——関東地方と周辺の海が、模式化されて描かれていた。防空戦闘の現状を概観するための表示板だから、関連施設はすべて記入されている。

第一〇飛行師団の指揮下にある飛行戦隊とその基地はもとより、電波警戒機や高射砲の陣地などは残らず表示されていた。攻撃目標になりそうな軍需工場や、人口密集地も同様だった。防空戦闘の要となる航空機は、小隊単位で表示用の紙型が用意されている。

秋津大佐の視線が、そのうちのひとつにむけられた。厚紙を切り抜いて彩色しただけの、玩具を思わせる平板な表示具でしかなかった。だが制作者の思い入れが強いことは、細部まで精巧に製作されている点をみればわかった。

表示板上には日本軍機をあらわす紙型が多数おかれていたが、そのほとんどは無彩色の裏面を上にしていた。基地で「待機中」を意味するおき方だった。ところが大佐が注目した表示具だけは、現在「出撃中」の状態――彩色面を上にむけていた。

飛行第七二戦隊所属の四式戦「疾風《はやて》」かと、秋津大佐は思った。たしか所沢基地を拠点に、編成途上にあったはずだ。最新鋭の疾風を装備した戦闘機部隊だが、操縦員と機材はそろったものの練度が低く実戦投入までにはかなりの時間が必要だという。

その七二戦隊だけが、房総半島の上空で旋回をつづけていた。おそらく敵空母を発進した攻撃隊が、接近しつつある時間帯にあわせて離陸したのだろう。ところが時間になっても敵影があらわれないものだから、内陸部で待機をつづけているらしい。

歯嚙みをする思いだった。いまの段階で未熟な操縦員をすり潰したら、強力な戦闘機隊などいつまでたっても完成しない。熟練した操縦員に成長する余裕もないまま、最新の機材とともに葬られるだけだ。

そう思ったのだが、表示板の上におかれた疾風の紙型は妙に薄かった。気になって黒板に眼をむけると、離陸したのは一個小隊だけだと記入されていた。秋津大佐は首をかしげた。わずか四機の疾風で、いったい何をする気なのか。

そのころから、次第に状況が変化しはじめた。竹橋の防空司令部主室から、続々と新たな動きが伝わってくる。ほとんどが、戦闘機の出撃に関する情報だった。ただし規模はいずれも小さく、二機から四機程度の小編隊が五月雨のように離陸していく。

機種は様々だった。旧式化したとはいえ格闘戦に持ちこめば互角以上に戦える一式戦闘機「隼」を筆頭に、一撃離脱が身上の二式単座戦闘機「鍾馗」や削いだような機首形状と流麗な外形が特徴の三式戦闘機「飛燕」などが、次々に離陸していく。

そして四式戦闘機「疾風」も、待機位置から移動を開始した。いずれも熟練した操縦員らしく、動きに無駄がなかった。地形を利用し、気流を読んで上昇する様子が想像できた。利根川の中流域あたりに進出して、敵の攻撃隊を待ち伏せる気らしい。

その動きをみれば、敵が間近に迫っているのは間違いなかった。ただ敵機に関する情報は入電が遅れているらしく、具体的な動静は表示されていなかった。あるいは入電したものの、それを表示に反映させるのが遅れているのかもしれない。

一時は竹橋に問いあわせたい衝動にかられた

が、すぐに自制することができた。全容を即座に把握することは困難でも、日本軍機の動きをみていれば大雑把な状況はわかる。敵艦載機は電波警戒機乙による監視態勢をかいくぐって、海岸ちかくに達しているらしい。

すぐに海軍機も、離陸を開始した。主力を欠いているとはいえ、老朽化した零式艦上戦闘機一〇機あまりで攻撃隊を編成する余裕はあったようだ。ただし技量は、あまり期待できない。中堅どころだけでは足りずに、若年兵も出撃させたようだ。

日本軍機の離陸が一段落したころから、ようやく敵編隊の表示が追いついた。秋津大佐が漠然と考えていたとおり、電波警戒機乙の特性は読まれていた。型式や使用電波の波長を特定した上で、死角を伝って米軍機に急接近したものと思われる。

表示された敵編隊の高度は、いずれも五〇〇メートル以下だった。しかも海上に設置された回廊を、伝うようにして急接近してくる。回廊らしきものは、一〇本ちかくあった。幅は狭く数機程度から数十機までの集団が、ひしめくように飛行している。

それをみたことで、ようやく秋津大佐は事情を理解した。米軍は日本軍の早期警戒態勢を、入念に調査した上で探知されない死角をみつけた。それが回廊を伝う接近路になったのだと思われるが、回避すべき警戒態勢は二系統あった。

陸軍の構築した広域警戒態勢と、海軍の局地防空態勢だった。海岸線にそって構築されているのは、陸軍が開発した電波警戒機乙だった。これを地形上の適地に設置して監視網を形成しているのだが、運用が開始された時期は古く操作性にも問題があった。

しかも実戦投入されて時間がすぎているから、米軍の調査も進展していた。ことにマリアナ諸島が占領されてからは、何度も偵察機型のB29が飛来した。撃墜された偵察機も多かったが、米軍機は諦めることなく侵入をくり返した。

ただ米軍航空隊にとっては、陸軍系の電波警戒機以上に注意が必要な探知機があった。海軍の陸上基地に設置された対空見張り電波探信儀で、本来は基地の自衛用に設置されたものだった。しかも通常は、未熟な操作員の訓練機材としても利用されている。

それが防空司令部の警戒態勢に組みこまれ、そして米空母搭載機の攻撃針路にも影響した。現に電波を発信しているのだから、無視はできなかった。米軍にとっては、厄介きわまりない障害物といえる。存在しているだけで、無言の圧力をかけるからだ。

日本軍には有力な空母機動部隊が控えているから、できるかぎり損害を少なくして次の戦闘にそなえる必要があった。ところが前日に米艦隊は、日本軍の哨戒特務艇の触接を受けている。特務艇は沈められたが、この時点で奇襲の可能性はなくなった。

存在が通報されてしまったからだ。だがこれは、事前に予想できたことだ。米軍のことだから、対策も決めているのではないか。完全な奇襲は無理でも、予想を裏切る方法はある。簡単なことだ。電波警戒機の死角を伝って、迎撃態勢の隙をつけばよかった。

これに対する日本軍の行動も、早い段階で決まっていた。敵がどのような手を使って攻めたてても、これを殲滅するだけだ。ただし被害は、最小限におさえなければならない。さもなければ、次に控えている戦闘を完遂するのは困難だった。

——この航空戦は、今日中に終わるのか。

その点が、最大の問題だった。だが秋津大佐には、判断する材料がなかった。遅くとも明日の早朝には、厚木を離陸しなければならない。さもなければ正午までの上海到着は、どう考えても不可能だった。

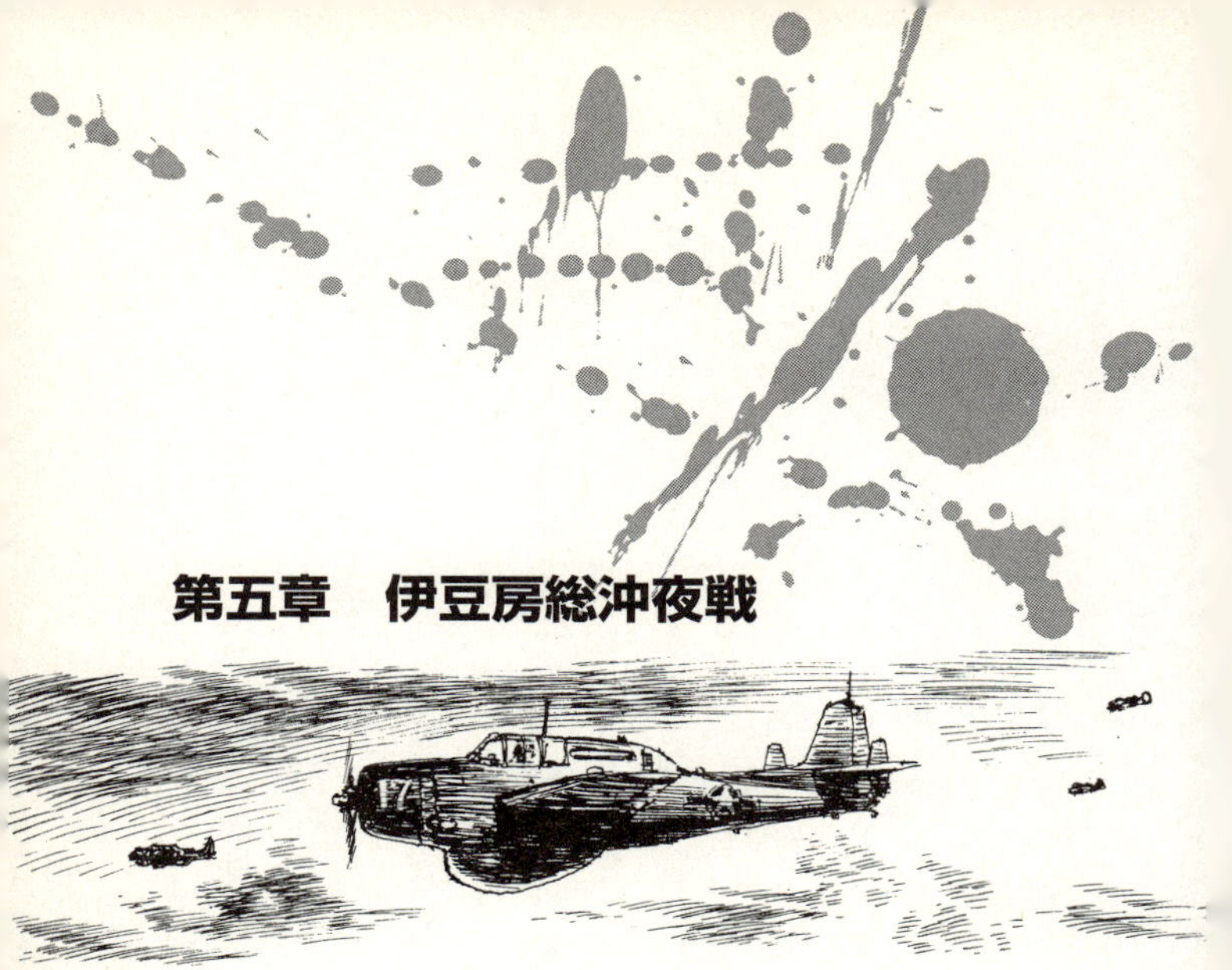

第五章　伊豆房総沖夜戦

1

局所的な降雨を、予感させる空模様だった。

旋回を終えて指定空域に機首をむけた時点で、そのことがわかった。基地の滑走路が積雪におおわれる程度ですめばいいが、飛行中の降雪はことのほか厄介だった。エンジンの熱でとけた雪が風防に氷の層を形成したり、翼端の結氷で揚力が失われることも多い。

気象状況によっては、雹《ひょう》や霰《あられ》に見舞われる可能性もあった。油断すると戦闘開始前に、機体が被害を受けるかもしれない。状況次第では雹の浮遊する空域に迷いこんで、戦闘開始前に機体が破壊されることも考えられた。

ただ陸軍飛行第七二戦隊漆谷《うるしたに》軍曹は、気象

状況については楽観的だった。今回の出撃では、四〇〇〇メートルをこえる高度での戦闘は想定していなかった。無論だからといって、中高度以上で戦闘が発生しないとはかぎらない。

不確定要素は多かったが、不思議と不安は感じずにすんだ。天候が大きく崩れるとしたら、早くても夕暮れ時になるはずだ。敵空母機動部隊の司令官も、当然そのことは予想している。したがって本格的な悪天候がくる前に、母艦に引きあげるものと思われる。

予想より早く空襲を終えた場合は、ふた通りの解釈が可能だった。それ以上の空襲が無意味なほど、日本軍の航空戦力が低下した——つまり第一〇飛行師団をはじめ米軍の硫黄島上陸を阻止しうる戦力が、短期的にせよ消滅した場合がひとつ。

もうひとつは日本軍の抵抗が予想外に激しく、米軍が空襲の継続は困難だと判定した場合がある。だがこれは、さすがに無理だろう。わずか半日たらずの航空戦で、米軍が音をあげるほどの強力な制空部隊が存在するとは思えない。

海軍航空隊の残存部隊や第一〇飛行師団から、制空戦闘に投入可能な操縦員と機体を抽出しても一〇〇機を上まわる程度だという。これに対し米空母機動部隊の搭載機は、五五〇機に達するという。ただ昼間戦闘機として投入されるのは、全体の半数以下でしかない。

最近は戦闘機の比率が高くなっているから、少なくとも二〇〇機以上が帝都をめざして進撃するはずだ。当然のことながら、地上駐機された機体や施設を破壊する艦上爆撃機も同行する。よほど戦い方が巧妙でなければ、緒戦で第一〇飛行師団は壊滅しかねない。

まるで他人ごとのように、漆谷軍曹は考えていた。ことによると他の士官操縦者を飛び越して、特別選抜された第一小隊長に指名されたのは苛酷な戦場であっても楽観的になれる性格のせいかもしれない。悠然と構えてさえいれば、負傷もしなかった。

被弾してもかならず帰投してきたし、機体に残された弾痕はみな致命部をはずれていた。単なる運のよさだけでは、説明しきれない力が働いていたようだ。ニューギニアやビルマの激戦地を転戦しても、危険を感じたことはなかった。

その間に乗機も「隼」から「疾風」にかわったが、事故さえ避けて通っていたような気がする。ところが今回にかぎって、どことなく勝手が違っていた。夢をみているような、頼りない気分だった。もしかすると敵の気配を、感じないせいかもしれない。

第一および第二小隊が編成されてからの訓練は、短期間だが異質なものだった。東部軍防空司令部や各戦隊の防空指揮所が、集積された情報をもとに迎撃機を誘導するのだ。戦闘は昼間おこなわれるが、雲や霧のせいで視界不良という想定もくり返された。

自位置不明になれば雲の外にでて、編隊を組み直すこともできた。だが空中勤務者の多くは、あえて視界の悪い空域を戦場に選んだ。迎撃機に搭載されたレピータ（電波反照機）で、自位置を知ることができるからだ。

その上で地上の指揮所等に誘導されて、攻撃態勢をとることになる。限定された条件下なら、夜間戦闘にも応用できる手順だった。それが逆に、漆谷軍曹から敵の存在を遠ざけていた。自分がいま戦っている相手は、本当に人間なのか。

それ以前に自分たちの敵は、実在するのか。確信が持てないまま、風防の外に眼をむけた。周囲の空に、敵影は見当たらなかった。当然だろう。防空司令部からの情報電には、敵機が海岸線をこえたという情報は入っていなかった。

目視による見張りはもとより、陸海軍の電波警戒機や電波探信儀も敵の機影をとらえていないのだ。日本海軍の哨戒特務艇が米艦隊の存在を通報してきたのは昨日だったし、海軍航空隊の彩雲改が攻撃隊を発進させつつあるのを伝えたのは今朝はやい時刻だった。

それだけわかれば、充分だった。気配を感じないのも、無理はなかった。敵は確かに存在するが、距離が遠すぎるのだ。訓練をくり返して「みえない敵」に慣れていたものだから、存在しない敵の気配を感じてしまったのだろう。

いくらも待たないうちに「みえない敵」の情報が着信した。敵の前衛部隊は、犬吠埼の東方海上を接近中であるらしい。まだ距離は遠いから、戦闘の開始までに時間的な余裕はあった。といっても対進状態で急接近すれば、一〇分程度ですれ違うと予想される。

気流や対地高度によっては、さらに短時間で最接近するかもしれない。いつ敵があらわれても不思議ではないのだが、やはり緊迫感は生じなかった。理由はわからない。先ほどと違って、具体的な位置情報や接近速度は判明していた。

それなのに敵の存在が、実感をともなって把握できない。薄く広がる霧のように、頼りない印象を受けた。かといって、無視することはできない。四機だけの編隊は、巡航速度を維持したまま上昇をつづけている。

すぐに陽光が翳りはじめた。この時までに編隊は、雲中の飛行に移行していた。戦隊の中から、技量優秀者を選抜して編成した特別小隊だった。四〇機ちかい稼働機と操縦者を保有しながら、飛行第七二戦隊から出撃したのは八機だけだった。

第二小隊の四機は、格闘戦闘の技量がやや劣るとされていた。拠点基地におかれた防空指揮所の誘導を受けて、迎撃戦闘を実施することになる。これは飛行第七二戦隊にかぎったことではなく、陸軍航空隊独自の制度でもなかった。

海軍の空母搭載航空隊でも、同様の態勢ができつつあるようだ。母艦ごとに設置された防空指揮所が、一元的に敵情報を管理して指揮下の迎撃部隊を指揮するのだ。無論これは原則的な運用方法で、出撃可能機数が少ないときには臨機応変に対応することができた。

漆谷軍曹の第一小隊は、そのような原則から外れた遊撃隊だった。竹橋の東部軍防空司令部に直属して、各戦隊の担当空域をこえた戦域に投入されるのだ。少数精鋭の親衛隊であり、拠点防衛に徹する第二小隊と対をなして防衛態勢を形成する。

指揮系統と投入される戦域は違うものの、いずれの小隊も防空戦闘の専任部隊であることは疑いの余地がない。技量に差があるとはいえ、存在価値に差違はなかった。だから戦果のために必死攻撃などするべきではないと、戦隊長はくどいほど念を押していた。

出撃間際の操縦者を前にして、戦隊長はまくしたてた。

「いいか。手柄をたてようなどとは、絶対に思うな。金輪際、考えてはならぬ。自爆するくらいなら、石にかじりついても生きて帰ってこい。次の戦闘に出撃できるのであれば、愛機を捨てても可とする。不時着で一機まるごとお釈迦にしても、不服はいわぬ。

そのために、落下傘を積みこんでいるのだ。決して無理をするな。何度でもくり返していうが、必勝の信念があるのならまず生きて帰れ。それが一番の手柄だ。たとえ後ろ指をさされても、生き恥をさらしてもかまわん。

世界中が卑怯未練と嘲笑っても、陸軍飛行第七二戦隊はお前らの味方だ。わかったら、気をつけて行ってこい。かかれ」

あらためて思いだすと、異様というより型破りな訓辞だった。単なる本音とも受け取れるが、建て前だけの美辞麗句で送りだされるより何倍もましだった。士気も高められた。間もなく戦闘がはじまるというのに、あいかわらず実感がないのは訓辞のせいかもしれない。

時間がすぎるにしたがって、雲は次第に密度を増していった。それでも編隊が、乱れることはなかった。漆谷軍曹の疾風を頂点に、整然とした四本指隊形を組んでいる。さすがに熟練操縦者の小隊だけあって、視界の悪さを意識させないほど動きは自然だった。

神経をとぎすませていれば、僚機の存在を感じることができた。翼端灯の淡い光や自機の爆音とは微妙に違うエンジン音で、間合いを測ることも可能だった。ただ、それにも限界があった。雲の密度がさらにませば、現在の形で編隊

四式戦疾風

を維持するのは困難になる。

そのころから、地上で待機していた迎撃機の発進があいついだ。敵の主力をなす制空隊が、海面ちかくの回廊を伝って侵入することを予測していたようだ。離陸してもあまり上昇せず、設定された回廊にかぶさるかのような位置に占位しつつあった。

戦力としては決して充分ではないが、いずれも歴戦の熟練操縦者ばかりで編成されている。寡兵であることを見透かされないためか、戦隊かぎりの無線電話は使用を制限していなかった。充分に用意されているはずの回線が、すべて埋まっている。

ところが漆谷小隊など東部軍防空司令部直属の迎撃機——通称「主室付」は、通信機をほとんど利用しなかった。小出力の隊内電話でさえ交信が制限されていたが、特に不自由は感じなかった。

いずれも手練れの空中勤務者だから、ほとんどの場合は交信しなくても僚機の意図が読めるのだ。事前の取り決めを変更する場合には、発光信号で意思を伝えることができた。上昇するにつれて無線電話に雑音が入りはじめたが、深刻な問題は生じなかった。

主室付の防空戦闘機隊は、最初から無線電話を利用していなかったからだ。竹橋の防空司令部から情報支援を受けるときに困る程度で、雑音まじりの無線電信を受信できれば問題はない。電装品の整備技術が未熟だった時代には、普通におこなわれていた手順だった。

利根川の中流域から霞ヶ浦にかけて発生した薄い雲の広がりを隠れ蓑に、漆谷小隊は上昇をつづけた。それほど時間をかけることなく、高度三〇〇〇メートルをこえた。高度をあげるにしたがって雑音がひどくなったが、漆谷軍曹はそれほど深刻に考えていなかった。

詳細な状況が伝わってこないものだから、深刻にはなれなかったのだ。

2

東部軍防空司令部は、早い段階で状況を把握していたようだ。

意図的に妨害電波が発信されているらしい。発信源は空中にあった。単発の艦載機を改造した専用機を投入して、日本軍の指揮系統を混乱させようとしていた。そのため出撃した日本軍機には、通信回線の不具合が続出した。

ただ、実害はそれほどなかった。出撃した戦闘機のほとんどは、低空を飛行していたからだ。発信源は中高度以上を飛行していたらしく、日本軍機のほとんどは地形のかげに隠れることになった。そのために、影響を受けなかったのだ。

しかも発信源は空母搭載が可能な小型機らしく、妨害電波の出力はさほど大きくなかった。漆谷小隊につづいて中高度に進出した海軍の航空隊が、一時的に連絡が途絶えた程度だった。海軍航空隊との通信回線はその後すぐに復旧し、迎撃誘導にも問題はなかった。

ところが漆谷軍曹自身は、あとになるまで問題の発生に気づいていなかった。司令部主室の指示にしたがって目標位置に移動し、小隊をひきいて敵を駆逐しただけだ。衆寡敵せずの感はあるが、全力をつくした充実感はあった。

発端は一通の電文だった。妨害電波のために受信が困難だと判断したのか、必要最小限の文字しか使われていない。ただ解釈を間違えても、意味をとり違える可能性はなさそうだ。東部軍防空司令部を意味する「タケバシ」の符字につづいて、本文が入電した。

「香取基地の東北方五〇キロ地点を、高度三〇〇〇で旋回中の敵を排除せよ……か」

太股に固定した作業板上の電信紙に記入する一方で、ゆっくりと電文を読みあげた。それから他の操縦者たちに、手ばやく問いただした。

「傍受したか?」

三人の声は、ほぼ同時にもどってきた。まだ少し雑音は残っているが、欠落なく聞きとれたようだ。それだけを確かめて、攻撃目標との位置関係を割りだした。結果はすぐに出た。だが事実を受けいれるのには、少しばかり時間が必要だった。

厄介なことに敵の妨害機は、海岸線から遠く離れた沖合にあった。陸軍機には苦手な、洋上飛行をともなう戦闘になる。救命胴衣は着こんでいるものの、不時着水すれば命に関わる。戦隊長の言葉は、必ずしも正しくない。落下傘があっても問題は解決しないのだ。

それでも、逃げることはできなかった。責任の重さが軍曹を現実に引きもどしていた。いまのところ通信妨害機は、海岸線をこえて進攻する意思はないようだ。間もなく攻撃隊が海岸線をこえるから、突出することのないよう旋回しつつ待機しているのだろう。

旋回の定点は、鹿島の沖合三〇キロあたりになる。ただし現在は機影を隠している雲は、海上にまで広がっていない。したがって襲撃するのであれば、最後の三〇キロほどは姿をさらして海上を急進せざるをえない。

　三〇キロ程度の距離なら、最短距離を直進すれば三分ほどで翔破できる。ただし通信妨害の専用機が、単独行動をとっているとは考えにくい。おそらく敵の正体は、搭載量に余裕のある艦上攻撃機を改造した専用機だろう。

　武装は自衛戦闘が可能な程度で、改造時にはそれも外しているのではないか。ただ電波源として逆探知されやすい通信妨害機が、非武装で敵前に進出するとは思えない。おそらく護衛機を、ともなっている。

　そう考えたが、なんとなく釈然としなかった。出力不足で中途半端な運用しかできない専用機を、あえて護衛機までつけて前線に送りこむとは思えないのだ。何か事情がありそうな気がするが、いまは迷っている余裕はなかった。

　周辺大気の状況を読みとって、不連続面の位置を推測した。その上で雲塊の構造と、大雑把な気流の変化を予測した。結果はすぐに出た。これなら、やれそうだ。それも充分な余裕をもって、予定した戦闘を終わらせることができるのではないか。

　ただちに無線電話を起動して、三人の操縦者を呼んだ。時間がおしかった。漆谷軍曹は、性急に意図を伝えた。

「小隊長機の機首方向に、距離三万。距離一万まで、全速で接近。一万から減速せず挟撃。小隊長機と二番機は右側から。分隊長機と僚機は左から。護衛機には、眼もくれるな。通信妨害の専任機だけを追え。以上」

次の瞬間、軍曹は愛機を一気に増速した。敵に気づかれるまでが勝負だった。爆音を響かせて、疾風は雲の層をかきわけていく。海洋に対する苦手意識など、とうに消し飛んでいた。海に落ちたら、そのときのことだ。いざとなったら、太平洋の水を飲みほすまでだ。

わずかに遅れて、二番機も増速を開始した。疾風の最高速度は、時速六五〇キロを上まわる。整備員と操縦者の呼吸が一致していれば、七〇〇キロちかい速度をたたき出すともいわれていた。鈍重な艦攻改造の通信妨害機など、ひと呼吸の間に追いつめられるはずだ。

速度を上げた手ごたえは、視野の白濁になってあらわれた。淡い霧のように掴みどころのない雲の流れが、次第に質量をともなった流体に変化していく。すぐに風防の前面硝子《ガラス》に、雲から分離した水蒸気が凝縮しはじめた。

幾筋もの水滴が、前面硝子を勢いよく流れていく。やがて水滴は途切れ、雲が密度を落とした。次第に薄れていく霧状の雲を、高速回転するプロペラが切り裂いていく。このときまでに軍曹の周囲は、かなり明るくなっていた。

そして操縦室に、まばゆい光が射しこんだ。そこはすでに、陽光のきらめく洋上だった。眼下には群青色の濃い海の色が、どこまでも広がっている。とっさに後方の地形と航空地図を突きあわせて、現在位置を確認した。

位置は容易に判明した。海岸線は予想よりも遠ざかっていた。考えていた以上に雲が発達して、雲中の飛行が長引いたらしい。攻撃目標が旋回している定点までは、まだ二〇キロあまりあった。眼をこらしても、機影らしきものは見当たらない。

　風防硝子に汚れが付着した形跡はなかった。結氷のせいで、透明度が落ちている様子もない。ただし太陽が真上から射しこんでいるから、視野が明瞭さに欠けていた。その上に進行方向の視野は、プロペラの回転面と重なっている。機影を見分けるには、条件が悪かった。

　——もう少し接近してからと思ったが、早急に機首をふってしまうか。

　それとも航法装置を起動させて、正確な位置関係を参照するべきかと考えた。だが次の行動に移るよりも先に、無線電話から声が流れだした。僚機の操縦者——飯村《いいむら》伍長だった。伍長は小隊ばかりではなく、戦隊の中でも一番の視力自慢だった。

　飯村伍長は、落ちついた声でいった。

「機首前方、やや右より。方位四五度。高度二五〇〇。距離一五〇〇〇。機影らしきもの、三ないし四。対進状態で接近中らしい——」

　漆谷軍曹は驚いて、指示された方向に眼をむけた。状況からして、接近中とは思えなかった。おそらく旋回しているのを、接近中と誤認したのだろう。そう考えて、確認のつもりで機影を注視した。そして漆谷軍曹は、飯村伍長が正しかったことを知った。

　敵機はまだ、こちらの存在に気づいていないようだ。高度を落として、悠々と飛行している。好機だった。高度差を利用して突っこめば、一撃で攻撃目標を破壊できる。しかも対進状態で接近しつつあるから、予想よりも短時間で戦闘は終了するはずだ。

　すでに攻撃隊の最先端は、通信妨害機を追い抜いていた。雲霞《うんか》のような大群が、いくつかの進攻路に分散して押し寄せてくる。いずれも海面近くを、這うような低空で接近しつつあった。主力となる制空戦闘機だけで、二〇〇機を優にこえる大集団だった。

地上施設攻撃用の爆撃隊を加えれば、総数は倍に達するらしい。攻撃隊の列は予想外に長大で、最後尾が水平線下に没している。ところが米軍機の跳梁を阻止するために集結した陸海軍の戦闘機は、一〇〇機をこえる程度だった。

数で劣る日本軍機は、米軍機を隘路《あいろ》に誘いこんで待ち伏せする態勢をとっていた。三〇〇〇メートルに満たない高度差では、全貌を俯瞰《ふかん》することは困難だった。ただ断片的な情報をあわせれば、大雑把な概念を把握することはできた。

電測兵器の弱点をついて突入しようとする米軍機の集団を、日本軍は巧妙に誘導して鼻先を押さえようとしていた。海上に設定された回廊が海岸線と交叉するあたりには、地形を利用した対空陣地がいくつも構築されていた。

通常は海岸ちかくに大口径かつ長射程の高射砲が配置されて、主要な敵を叩き落とす態勢をとっている。中高度用の高射砲や低空から侵入する敵を迎撃するための機関砲は、大口径高射砲の邪魔にならないよう後方に控えているのが普通だった、

ところが房総から水戸にかけての海岸陣地は、配置が逆だった。海岸線にそって構築された機関砲陣地が、砲口を空にむけている。一般的には防空の中核として砲列の前面に配置される大口径高射砲は、後方に展開したまま移動の気配もなかった。

たぶん往路に撃ちもらした敵を、帰路にねらい撃ちできるように配置されているのだろう。当然のことながら防空戦闘の陣形は、敵の戦略目標や態勢によって大きく変化する。陸海軍とも、部隊の機動性には問題があった。

大規模な陣形の変更は、移動をともなわない場合でも半日はかかっていた。ここ数年でかなり改善されたとはいえ、まだまだ解決すべき問題点は多い。機動性を高めるために、あえて海軍艦艇を防空目的で投入することも可能ではないか。

海岸陣地の沖合には、早期警戒用の監視艇が遊弋していた。深い青色の海面に、真っ白な航跡が長くのびている。大型の監視艇は哨戒任務についていたから、本土から離れた海域に出動していた。そのため艇の数は足りず、係留された台船で間に合わせる例もあった。

それでも一応は海軍施設であり、徴用した漁船であっても海軍の雑船になる。ただし本格的な電探監視の能力はない。この時期には電測兵器の開発や技術革新があいついだものの、最新型の機器は供給が追いつかない状態だった。

監視用の徴用漁船や台船には、早期警戒用の電波探信儀を搭載するのが精一杯だった。どのみち監視態勢の核心部分は、人間の眼に頼らざるをえない。むしろ低空で侵入してくる敵機を観察して、機種を特定することがもとめられた。

侵入しつつある敵機の情報は竹橋の防空司令部主室に集積され、各戦隊の防空指揮所を通して待機中の部隊に攻撃が命じられる。最小限の兵力しか派遣されないから、選抜された技量優秀な空中勤務者であっても手こずることがある。

ただ海岸陣地の対空火網によって、戦闘開始までに敵の戦力は減少している。ところが竹橋の主室で戦力を割りふる段階では、対空砲火による戦力減少は反映されない。意図的な行為ではないとはいえ、迎撃側の操縦者には負担を軽減させる結果になりそうだ。

総じて日本軍の迎撃態勢は、地の利を生かした巧妙な罠といえた。勢いに乗って力押しに攻めこんでくる米軍を、軽くいなそうとする意図が感じとれた。ただし罠が機能するには、条件があった。罠の存在に敵が気づけば、すべてが終わる。

異常に気づいたのは、飯村伍長だった。

米軍機の動きが、予想と違っているらしい。少しずつ高度をあげて、海上の回廊から抜けだそうとしている。だが対空陣地の存在を、察したとは思えない。沖合の監視艇は漁船と見分けがつかないし、陣地自体も偽装してあった。

気にはなるものの、できることは何もなかった。すでに小隊は通信妨害機にむけて、最後の加速を開始していた。エンジンを全開にしていた疾風は、緩降下による加速態勢に移行した。爆音がさらに高まって、機体を前方に押しだしていく。

主翼が風を切り裂いて、過大になった揚力が機体を浮きあがらせた。それを強引に押さえこんで、攻撃目標の未来位置と射線を一致させていく。すでに試射は終わっていた。搭載された四挺の機関砲が、武者ぶるいをしているかのようだ。

巡航時には視認することさえ困難だった機影は、短時間でふたつにわかれた。やはり護衛機が、随伴しているらしい。グラマンF6Fヘルキャット二機が、急上昇してくる。通信妨害機らしき後方の機影は、降下して逃れようとしていた。ただし、任務を放棄する気はないらしい。

　直線飛行をつづけているのは、妨害電波の発信を再開する気があるからだろう。さもなければ現在も作動中で、所定の針路をはずせないのかと思った。あらためて遠くの機体を注視すると、攻撃目標も二機あることがわかった。

　やはりアベンジャー艦攻を、改造した機体のようだ。かなり無理な改造をしたらしく、動きは鈍重だった。みるまに接近して、細部が見分けられるまでになった。二機とも機首側の胴体下部が、異様に膨らんでいる。

　たぶんその部分に、空中線が内蔵されているのだろう。同様の機器は、日本軍機も保有していた。ただしアベンジャーもどきと違って、二機一組で運用されることはなかった。通信妨害程度なら、単機でも運用は可能だろう。

　――すると他に、何か機能があるのか。

　そこまでだった。漆谷軍曹の思考が中断した。二機のグラマンが、間近に迫っている。すでに戦闘態勢に入っていた。赤く灼けた六本の火箭が、軍曹の疾風を斬って捨てた――かにみえた。だが紙一重の差で、軍曹はグラマンの銃撃を見切っていた。

　前面の風防硝子を突き破るかと思った火箭が、最後の瞬間に軌道をねじ曲げられた。手をのばせば届きそうな位置を、擦過音を残して曳光弾が通りすぎていく。主翼の通過で発生した層流に押されて、銃弾の列が押しあげられたらしい。命中弾はなかった。翼端を真っ赤にして連射をつづけていたグラマンが、残したものは凶暴さを感じさせる発射音だけだった。無数の銃弾が虚空を薙いでいたが、大気をかき乱しただけだった。撃ちっぱなしだったグラマンの翼内銃は、それでようやく沈黙した。

漆谷軍曹にとっては、一瞬の出来事だった。特別なことをしたという記憶はない。とっさに機体を浮かせて、突っこんでくるグラマンをかわしただけだ。さらに攻撃を加えようとしたグラマンは、猛然と疾風の動きに追随しかけた。

無理だった。降下をつづける四機の疾風に、たちまち置き去りにされた。その寸前に漆谷軍曹は、視線を感じた。何気なくそちらを見たとき、眼があった――ような気がした。想像していたよりも、ずっと若い操縦者だった。

十代のような印象も受けたが、思い違いかもしれない。口髭らしき黒い筋がみえたからだ。一瞬のことなので確証はない。ただ顔つきが幼いものだから、口髭だとしても似合っていなかった。

若造としか思えない一番機と違って、敵の二番機は冷静だった。すばやく反転して、戦域から弾きだされた格好の一番機を追随させる動きをみせている。その一方で四機の疾風を追撃しようとしているが、すでに崩れた態勢を立てなおすのは容易ではなかった。

よほど致命的な失敗をしないかぎり、漆谷小隊が敵のアベンジャー艦攻もどきを撃破するのは困難ではない。軍曹は他の操縦者に伝えた。

「全力でアベンジャー艦攻もどきを落とす。飯村伍長は我につづけ。後方の防御は一任する。先ほどのグラマンが引き返してくる可能性は大きいが、二機のうち一機は操縦者がまだ餓鬼《ガキ》だ。素人考えで暴走するから、気をつけろ。

第二分隊の二機は……攻撃隊の主力や護衛のグラマンが手出しをしないように、徹底して閉めだせ。勘違いするな。落とすのは、アベンジャーもどきだけだ。無理をして海に落ちたら、いまの季節には確実に死ぬぞ。何があっても、生きて帰ることを第一に考えろ」

話しているうちに、なんとなく拙いことをいったような気がした。軍曹としては配下の操縦者を、危険な眼にあわせたくなかっただけだ。義務の範囲をこえる危険に関しては、すべて自分がかぶるつもりでいた。

しかしこれでは手柄を独り占めするから、手出しは無用といっているようなものだ――そんなことを考えたが、他の操縦者は批判的なことを口にしなかった。命令にしたがって、粛々と行動を開始していた。

3

おそろしく過酷で慌ただしい一日だった。よく保ったものだと、鶴丘中尉は素直に感心していた。自分自身のことではない。一日で三度も出撃したのに、愛機の彩雲改は不調の兆候さえなかった。夜明けの前から夜半すぎまで、最小限の整備作業だけで飛びつづけたのだ。

中尉自身は偵察員として、航法や偵察を担当していた。操縦していたわけではないから、疲労はそれほど感じなかった。あるいは機長としての責任の重さが、疲労を忘れさせていたのかもしれない。

あとから考えると、最初の出撃は充実感があった。状況は予断を許さなかったが、困難な命令であっても苦痛は感じずにすんだ。まだ戦況も切羽詰まっていなかったから、搭乗員を無為に消耗しないという合意ができていたようだ。

雲行きが怪しくなってきたのは、二度めの出撃を命じられたころだった。帰投から間もなく、状況は大きく変化した。海軍の運用する対空見張り電波探信儀が、米軍機の銃爆撃で破壊されたらしい。

重要施設だから、応急対策も充実していた。ところが米軍は逆探知によって、露出していた予備の空中線をみつけた。電探基地は筑波山の山頂周辺にあるというから、厚木から彩雲改で急行すれば一〇分程度で到着する――そう三〇二空の宇志津副長はいった。

だが当の鶴丘中尉は、まだ状況を把握できていなかった。てっきり筑波の海軍航空隊基地まで、電波探信儀を空輸するのだと思っていたのだ。早期警戒用の電探なら、彩雲改にも搭載されている。機載用の電探だから、緊急輸送もたやすいはずだ。

つまり乗機の彩雲改からおろした機材でも、実用にはなんの問題もないだろう。そう考えたのだが、これは鶴丘中尉の早合点だった。副長によれば「戦闘終了まで筑波山頂周辺に滞空して、戦域の対空見張りにあたれ」ということらしい。

もしもエンジン不調その他の問題が生じれば、筑波基地に着陸して修理できるように頼んでおくといっている。ただし燃料や弁当類は、あとで請求書がまわってくる可能性があるらしい。

必要なものがあれば、厚木から持参するよう念を押された。

敵の猛攻を支えるための援軍だというが、なんとなく引っ越しの手伝いにいくような気分だった。厚木基地の整備員は「筑波基地にいくのなら、特産品の『蝦蟇《がま》の脂《あぶら》』を買ってきてくれ」などといいだした。

医薬品ではあるが原料は純度の高い動物性脂肪だから、エンジンヘッドのグリス代わりに重宝しているらしい。このとき米艦載機群は、まだ厚木の周辺に達していなかった。海岸線を越えたあたりで日本軍機の激しい抵抗にあって、混戦状態がつづいているらしい。

その迎撃戦闘の中核となるのが、筑波山の電波探信儀群だった。来襲した敵の動きは、原則的に竹橋の東部軍防空司令部主室に送られる。ただ筑波山や富士山などの独立峰に設置された電探群の広域情報は、最寄りの海軍基地による処理が優先されていた。

陸海軍の航空隊を統一指揮する防空司令部が運用を開始する前に、独立峰を基点とした海軍の迎撃指揮態勢が稼働していたからだ。これまでに何度かB29の偵察機型が日本本土に飛来していたが、少数の例外をのぞいて富士山等の独立峰を航法の基点としていた。

通常はマリアナ諸島を発進したあと、日本軍の支配下にある硫黄島を迂回して日本本土をめざす。そして顕著な独立峰——富士山を視認した時点で針路を修正し、さらに飛行をつづけて富士山頂ちかくの基準点に達する。

ここで機体は時計まわりに旋回して、東京および近郊の工業地帯を横断する針路に乗る。そして爆撃のあと、関東の東方海上に抜けだすはずだ。針路の基準をなすのは、関東平野のただ中に屹立する筑波山であるはずだ。

二峰はいずれも独立峰だから、よほどの悪天候でなければ視認は可能だった。本格的に日本本土の爆撃が開始されれば、二峰を目標にしたB29の大群が連日のように押しよせてくると予想される。

逆まわりの針路——最初に筑波山をめざし、帝都一帯を東から西に飛び抜けて駿河湾に逃れる爆撃行は考えにくい。独立峰とはいえ標高一〇〇〇メートルに満たない筑波山は、洋上を飛行するB29からは発見しづらい。

その上に高々度では、高速の偏西風——ジェット気流《ストリーム》が吹きつのっている。不用意に逆まわりなどすれば、燃料が底をつくおそれがあった。

無論これは現時点における推測にすぎない。

何度か爆撃や偵察をくり返せば、ことなる選択肢が生じる可能性もあった。日本軍の電探基地や無線通信局などの情報が揃えば、自位置の推定に利用できるかもしれない。それ以外の顕著な地物を利用して、灯台のように利用することも考えられた。

だが現在の状況では、筑波山のような独立峰を利用するしかなさそうだ。それなら逆に考えれば、B29の爆撃針路を読めるのではないか。筑波山の山頂周辺に電波探信儀群を配置した上で、所定の高度で待ちかまえる迎撃戦闘機を誘導するのだ。

この戦術は、敵艦載機群に対しても有効だった。敵空母は本土からそれほど遠くない海域で、攻撃隊を発進させることになる。低空から本土上空に侵入するので偏西風の影響は受けず、B29ほど航法に正確さが求められることもない。

おそらく母艦ごとに設定された目標を銃爆撃する一方で、迎撃態勢をとる日本軍機を撃破する計画だったと思われる。そのような計画なら、筑波山は重要な目標地物になるはずだ。攻撃対象となる航空基地を、山頂からの方位と距離で把握しておけば迷うことはない。

それを逆手にとれば、敵の艦載機群を殲滅できるはずだった。ところが戦闘がはじまって間もなく、山頂周辺の電波探信儀基地が集中攻撃を受けた。応急修理が試みられているものの、予備部品の搬入さえ困難な状況だという。

間の抜けた話だと、鶴丘中尉は思った。だが米軍の攻撃隊は、さらに間が抜けていた。爆撃隊や戦闘爆撃隊を加えると、米軍は日本軍の三倍もの攻撃隊をくり出していた。ところが部隊指揮が稚拙で、各地で混乱が頻発していた。

河川敷の空き地を滑走路と誤認して、爆撃した類の話はいくつも報告されていた。攻撃目標がみつけだせないまま対空陣地の上空にさまよいだして銃撃され、主翼下に懸吊していた爆弾を射抜かれて機体が四散したという話もきいた。

あてにならない話とはいえ、米軍の指揮機能が低下しているのは事実らしい。あとで知ったことだが、電子戦小隊が集中して狙われたようだ。小隊は電探／通信妨害機と早期警戒／前進指揮機の二機に、護衛戦闘機が二機前後くわわった四機で運用される。

本来は日本軍の無線電話に雑音を割りこませて、僚機との連絡を困難にするための機材だった。ところが期待したほどの効果はなく、通信妨害機は電探妨害を主任務として実戦投入された。さらに機載電探による早期警戒や、空中指揮の専用機が小隊に加えられた。

　通常規模の空母機動部隊なら、電子戦小隊は専用機に護衛を加えた四機一小隊だけが支援のために同伴する。ただ今回のように大規模な航空作戦では、複数の小隊が投入されることも珍しくないらしい。

　正確な数は把握されていないが、二小隊から三小隊が投入された形跡があるという。ところが混戦がつづく中で、少なくとも二小隊の電子戦部隊が無力化された。電子戦専用機四機が撃墜または撃破され、護衛機にも相当な損害をあたえたようだ。

　戦果をあげたのは、陸軍飛行第七二戦隊の疾風小隊だった。ただし膨大な情報の中から手がかりをみつけだして、疾風を誘導しなければ二小隊を壊滅させることなどできなかったはずだ。竹橋の防空司令部主室には、相当な切れ者がつめているらしい。

　前線からの情報だけをもとに、敵空母機動部隊を無力化したのだ。しかし主室の洞察力を持ってしても、無力化できたのは二小隊だけだった。三番めの小隊は、危険を感じて引きあげた可能性が大きい。さもなければ最初から予備戦力として、出撃を控えていたかだ。

　混乱は長くはつづかなかった。日没を待たずに、敵は引きあげた。呆気ない幕切れだった。少なくとも硫黄島上陸を支援するための、航空撃滅戦は完成していない。かといって、これ以上は無駄だった。傷口が広がらないうちに、米空母機動部隊は去ったようだ。

長い一日だったと、鶴丘中尉は考えていた。だが中尉の一日は、まだ終わっていなかった。もっとも過酷で危険な飛行任務は、開始されてもいなかったのだ。

4

鶴丘中尉にとっては、予想外の出撃になった。漠然とした予感はあった。「二度あることは三度ある」的な、嫌な予感とは違う。もっと切実で、避けようのない事情があったといえる。厚木基地に駐留する三〇二航空隊の彩雲改が、米空母機動部隊による空襲が終わったころから続々と出撃しはじめたのだ。

事情はわからないが、出撃なのは間違いなさそうだ。エンジンの整備や試運転とは、爆音の質が違っていた。ほんの少しでいいから仮眠をとろうと考えていた鶴丘中尉の思惑は、見事にはずれた。気がつくと状況を知ろうとして、耳をすませていた。

とても仮眠どころではないと、飛び起きた。飛行服と装具は、身につけたままだった。半長靴まで脱がずにいたから、支度はできている。足ばやに基地内を通りぬけて、艦上偵察機の格納庫にむかった。

たぶん自分たちも、出撃を命じられるはずだ。それならいっそのこと、整備作業を手伝うことにした。同様のことを考えていたらしく、永嶋二飛曹と埜崎飛長も前後して姿をみせた。先に来ていた永嶋二飛曹も、作業をはじめて間がないらしい。手や顔が油で汚れていなかった。

妙な寒々しさを感じて、鶴丘中尉は身ぶるいをした。格納庫の内部は閑散としている。ことに彩雲改は彼らの乗機があるだけで、他には一機もみあたらない。どうしたのか、と問いただすと永嶋二飛曹は陰気な顔で「出払ってます」とこたえた。

やはり状況が急変して、出撃があいついだらしい。ただ詳細な事情は、永嶋二飛曹も把握していなかった。米空母機動部隊の夜間触接をするためだとか、硫黄島と父島が奇襲攻撃を受けたので夜戦型の彩雲改が急派されたともいう。

研ぎすまされていた神経が、一気に鈍化していくような思いがした。永嶋二飛曹に負けないほど渋い表情になって、鶴丘中尉はたずねた。

「俺たちは……その、留守番か?」

楽しみにしていた学校行事の集合時刻に遅れて、一人だけ取り残された気分だった。だが現実を知ったときには、さらに気落ちすることになった。永嶋二飛曹は、声を落としていった。

長崎経由で上海へ出張らしいです——鶴丘中尉には、そう聞こえた。

無意識のうちに身を乗りだしていた中尉は、その言葉を耳にしたことで後悔した。普段は真面目で、冗談など口にしない人物だった。念のために記憶をたどったが、関係のありそうな地名は出てこなかった。誰もが知っている長崎と上海以外に、心当たりはない。

そのせいで苛立ちが、次第に大きさを増した。別に忙しくはないが、暇を持てあましているわけでもない。聞かなかったことにするのが、正しい反応だと思った。虫の居所が悪ければ問答無用で鉄拳が飛んでいたところだが、まだこのときには余裕があった。

気まずい沈黙が流れた。誰もが無言のまま、作業に没頭している。空中勤務者ばかりではなく、整備員までが沈黙をしいられていた。不用意に口を開くと、雷が落ちそうな怖さがあった。時間はゆっくりと過ぎていく。

とっくに日は暮れていたが、作業の手をとめようとする者はいなかった。夜明け前からの連続回転で、エンジンにはかなり無理が生じている。一通りの整備が終わるまでは、晩飯をとることもできないだろう。

変化が起きたのは、作業が一段落したときだった。足音たかく入りこんできたのは、宇志津副長だった。格納庫に入りこむなり、大きな声でいった。

「上海に飛ぶのは延期だ。出発は早くても、明日の朝になる」

副長までが、何を言い出すのかと思った。おかしくもなんともない冗談を、引きつった作り笑いで拝聴しているような気がしてきた。実際には露骨に不機嫌そうな顔をしていたのだが、副長は大真面目だった。勢いこんで、言葉をついだ。

「そのかわりとはいわんが、夜戦に手を貸してくれ。伊豆沖に第一機動艦隊がくるから、彩雲改で搭載機を誘導することになる。米空母機動部隊は現在、房総半島沖を南下中とみられる。はやい時刻に本土空襲を切りあげたのだから、明日は硫黄島に上陸する公算が大である」

その言葉を聞いた途端、心臓の鼓動が一気にはね上がった。極度の興奮状態で、手のふるえがとまらない。闇夜に一条の光が射しこんだかのようだ。てっきり遅刻したのだとばかり思っていたら、集合時刻を間違えて一番乗りをしただけだった――そんな気がした。

宇志津副長によれば米空母群の周辺では、日没後も複数機による触接がつづいているらしい。海上見張り電探を搭載した彩雲改はもとより、硫黄島の近海で行動中の潜水艦隊も北上しつつあるという。

厳重な監視態勢におかれているが、米軍の意図と能力が読めないまま触接を断たれる可能性もあった。ことに米海軍母艦航空隊の夜間戦闘能力は変動が激しく、夜間の触接が継続できるのか予測は困難だった。

かつては強力な夜間戦闘機隊を保有していたが、日本軍による執拗な攻撃によって戦力をすり減らしていた。ただし現在の戦力はわからない。以前の水準まで回復するのは容易ではないが、自衛戦闘が可能な程度には再建されている可能性が高い。

とはいえ、それも正確な情報ではない。したがって米空母機動部隊の動きは把握できても、意図までは読みとれないと考えるべきだった。米艦隊は何故、本土空襲を途中で切りあげて硫黄島にむかったのか。

重要なことは二点ある。日本軍の数倍もの航空戦力を投入したのに、米軍の損害は事前の予想よりも格段に大きかった。ただし日本軍が迎撃に投入した戦力は、米軍の見積よりも小さかった。ということは力押しに攻めたてても、効果がないと判断した可能性がある。

守りの態勢に入ったものを、消耗が予想される戦場に引きだすのは困難だ。どのみち戦力的な脅威とはならないのであれば、攻撃をつづけるのは時間の無駄ではないか——そう判断して、硫黄島に転進したのかもしれない。

ただし偽装ということもありえた。南下しつつあるとみせかけて、夜半すぎに進路をかえるという推測も成りたつのではないか。態勢を立てなおして反転し、明日また本土空襲をやり直すのかもしれない。

マリアナ諸島の天候が回復すれば、B29による支援爆撃も実行できる。詳細は不明だが硫黄島と父島の日本軍基地が、攻撃されたという話も聞いた。この機に乗じて再度の攻撃をしかければ、本土防空部隊は意外にあっさり消耗する可能性があった。

米軍としてはどちらを選択しても、有利な状況下で戦闘の主導権を掌握できる。逆に日本軍は、どちらに転んでも不利になる。双方が大戦力を投入して戦うのであれば、正攻法による戦いにしかなりえない。

すると大兵力を一点に集中した方が、圧倒的に有利な状況下で戦える。近代戦による物量の差は、投入された戦力量の二乗比であらわされる。それなら、明日の夜明けを待つまでもなかった。米軍にとっては不利な夜間のうちに、大勢を決めてしまえばいいのだ。

その発想が鶴丘中尉の、三度めの出撃につながった。正攻法からはずれた異例かつ違法な戦闘にしかならないはずだ。だからこそ、勝機があった。邪道ともいえる戦術には、一般的な法則も通用しない。

理論を無視した変則的なやり方だから、必勝の戦術もなかった。ただし米軍も同様の手を使ってきたら、かなり厄介なことになりそうだ。

変則的な方法であっても、米軍は法則性を求めようとする。理論を超越した邪道の戦い方に、必勝法を導入しようとするのだ。

決して理論的なものではなく経験則の集合体と大差ないが、それなりの役にはたつのだろう。少なくとも天才的なひらめきを持つと自称する野心家に、根拠もなく全乗員の命を託すことはできない。

攻撃隊は夜間発進が可能な熟練搭乗員ばかりで編成される。したがって、それほど規模は大きくない。母艦一隻から翔竜装備の天山艦攻が一小隊として、三小隊一二機が限度ではないか。

無論、闇の中の帰艦は危険すぎる。事故の可能性ばかりが問題なのではない。米潜水艦による襲撃の可能性もあるから、信号灯や電波による誘導は避けるべきだった。今夜は月齢が若く、すでに宵の口には没していた。

出撃の時点でさえ月明は期待できないから、着陸するのは陸上基地以外になさそうだ。状況次第では二度めの夜襲隊を発進させるというが、よほど条件が揃っていないと無理だろう。あえて強行するのであれば、夜明け前の薄闇を利用して攻撃するしかない。

鶴丘中尉は深々と息をついた。準備作業に着手して、はじめて気がついた。一撃で劣勢を逆転できる奇手にもかかわらず、本腰を入れて実行されなかった理由は明白だった。成功すれば効果は大きいが、わずかでも齟齬が生じると眼もあてられない。

それでも、命じられた以上やるしかない。誘導機の担当事項は多彩で、出撃までに片づけるべき作業は多かった。追加搭載する機器も多岐にわたっていたから、その調整と整備だけで膨大な労力を必要とした。

　そのせいで、誰もが「上海出張」のことを忘れていた。それよりも重大で、早急に結論をだすべきことが山ほどあったのだ。武装の件も、その一つだった。三〇ミリ単装斜銃を彩雲改に搭載するか否かで、最後まで躊躇した。

　出撃準備に立ち会っていた宇志津副長は、搭載に消極的だった。もともと斜銃はＢ29攻撃用に特化した兵器だから、今回は不要だというのがその理由だった。しかも既成の機体に斜銃を搭載するのであれば、偵察員用の中間席をなくして構造材に固定するしかない。

　それ以外の場所だと、発射の反動で機体が損傷する可能性があるらしい。しかも偵察員席をなくすと、搭乗員が一人へることになる。機長の鶴丘中尉は抜けられないから、一人で偵察員と電信員の二役をやるしかない。

　基地の周辺で迎撃戦闘をするだけなら、それでもよかった。だが今回は本土の南方遠くまで進出して、敵と味方の空母機動部隊と邂逅しなければならない。航法の正確さと迅速さが求められることは、歴然としている。

　死荷重にしかならない斜銃など積まずに、電信員を同乗させた方が何倍も役にたつと副長は考えているようだ。それに彩雲改の強みは、グラマンも追いつけない高速度にある。大口径の斜銃を積んでも、空気抵抗の増大と速度の低下しかもたらさない。

　本当なら重量増加を避けるために、後席の旋回銃も廃止するべきだと副長は考えているらしい。鶴丘中尉は首をかしげた。副長の言葉には充分な説得力があるのだが、どことなく消極的な気がした。自分の意見に、自信を持てないのだろうか。

　事情がわかったのは、その直後だった。格納庫に姿をみせた小園司令が、鶴丘中尉をみるなり念を押すようにいった。

「忘れ物はないか、何度でも調べろ。弁当と水筒を忘れても、三〇ミリ斜銃の搭載だけは絶対に忘れるな。できたら旋回銃の予備弾倉も、余分に積みこんでおいた方がいい。強力な火器があれば、たいていの危機は切り抜けられる」

　それで話は終わりだった。慌てた様子で何ごとか口にしかけた宇志津副長を尻目に、小園司令は足ばやに立ち去った。先ほどまでの会話を、司令は立ち聞きしていたのかと中尉は思った。副長はぼやくようにいった。

「学校行事の全校登山か何かで、本当に弁当を忘れた経験がありそうだな、司令は」

　それでも特に問題はなかったはずだ――そう中尉は考えていた。小園司令のことだ。集合時刻よりも早く到着したせいで、忘れ物を取りにもどる時間は充分あったのではないか。それが結論だった。鶴丘中尉は作業に没頭した。

　慌ただしい時間がつづき、そして出撃の予定時刻になった。まだ夜半には、少し間があった。この日で三度めの出撃だった。上海のことは、あれから誰も口にしなかった。鶴丘中尉も、すっかり失念していた。

　そして中尉らは離陸した。慣れない席のせいか、妙に落ちつかない気分にさせられた。何か忘れ物をしたのかと思ったが、特に心当たりはなかった。少なくとも五式三〇ミリ機銃は、圧倒的な存在感で眼の前に据えられている。

5

離陸からしばらくは、平穏な飛行がつづいた。とうに月は沈んでいたから、かすかに発光する計器と淡い星明かりだけが頼りだった。同時に出撃した夜間戦闘機群は、エンジンを絞り気味についてくる。飛行高度は四〇〇〇メートルをややこえる程度だった。連日の高々度飛行で、体が高度に順応していた。

いまのところ後続する夜間戦闘機群は、同一の高度を飛行している。だがすぐに、別行動をとるはずだった。というより誘導機である鶴丘中尉の彩雲改と、もう一機の誘導機が夜間戦闘機隊とわかれて高々度に上昇する予定になっていた。

攻撃隊の中核は天山艦攻だから、夜間戦闘機隊はその上空に占位して護衛任務につくことになる。いずれも陸上基地を拠点とする複座機だった。三〇二空の夜戦型「彗星改」をはじめ、呂式三号爆弾装備の「極光」や「彩雲改」など雑多な機体で編成されている。

おなじ夜間戦闘機の「彗星改」は第四航空戦隊の防空巡洋艦と航空戦艦にも搭載されている。基本的に四航戦の母艦搭載機は防空戦闘機が主体で、機種は艦上戦闘機「紫電改」と艦上爆撃機「彗星改」に限定されていた。

このうち「彗星改」の基本形は艦上爆撃機だが、搭載装備を組みあわせれば偵察機や夜間戦闘機としても使える。ただ夜間戦闘機としての使用には制限があって、月明が期待できない夜は母艦の指揮下でなければ行動できなかった。

機載電探の性能が不足しているからだが、改修作業は少しずつ進展している。いずれ空母搭載航空隊のうち一定数は——あるいは全数が、夜間作戦能力を持つようになるのではないか。現在はその過渡期と考えて、制限を受けいれるしかなかった。

正面攻撃をかける主力部隊とは別に、迂回路をとって米空母機動部隊に接近しつつある攻撃隊もあった。少数機による夜襲隊で、夜間戦闘機隊の護衛もつかない裸の雷撃隊だった。誘導機の支援は一切受けず、ときおり機載電探を作動させている。

逆探知してくれといわんばかりだが、それがこの隊の目的でもあった。主力の攻撃を容易にするための陽動で、寄せ集めの陸海軍機で編成されている。当初は旧式化した一式陸攻などで通常雷撃をおこなう案も検討されたというが、さすがにそれは見送られた。

海軍の陸上爆撃機「銀河」や陸軍四式重爆撃機「飛龍」などの混成部隊が、禰式翔竜の原型機を搭載して出撃することになった。だが母機の性能にばらつきがある上に翔竜の機外懸吊が重なって、統一行動がとれず編隊は前後に長くのびていた。

攻撃目標の捜索も自力でやるしかないから、実際には単機の襲撃と大差なかった。翔竜の規格統一と量産体制への移行が進展していれば、陸上攻撃機による大規模な空襲もありえた。だが現実は母艦機の天山艦攻に、八〇〇〇メートル級の翔竜を搭載するしかなかった。

長射程の誘導兵器「翔竜」は、今後の戦況に大きな影響をあたえることが予想された。設計の簡略化と量産にむけた態勢の強化が急がれたが、その動きは順調とはいえなかった。用兵側の要求が多様で、生産者側の思いどおりに進展しないのだ。

射程すら統一できずに、八〇〇〇メートル案と二万メートル案が並立していた。誘導方式も完全無誘導の撃ちっぱなしや着弾寸前の終末誘導のみ、そして完全誘導方式まで様々だった。魚雷のように弾頭部分を交換して、いずれの方式にも対応できる案も根強かった。

これなどは、無責任な空論の最たるものだった。問題の本質を、理解していないとしか思えない。誘導方式を一種類に絞って生産態勢を簡略化しようとしているのに、すべての誘導方式を生産するのと同様の弾頭交換方式を採用しても無意味だった。

そのような状況下で、銀河と飛龍の混成部隊による夜襲隊は送りだされた。米空母の撃沈など、最初から期待されていなかった。主力の突入を容易にするための陽動であり、輪形陣を突きくずすことができれば上出来だと考えられていた。

攻撃の主力として期待されているのは、一二機の天山艦攻だった。いずれも八〇〇〇メートル級翔竜を搭載しているが、これで米空母群を殲滅できるとは誰も思っていない。重要なのは一時的に母艦搭載機の発着を、不可能にすることだった。

八隻あるとされる米空母のうち、三隻の搭載機が発進できなくなれば米軍の航空戦力は大きく低下する。夜明けの直後から開始される日本軍の総攻撃は、互角以上の戦力比で推移するはずだ。

銀河と飛龍の陽動部隊が中高度で接近するのに対し、天山艦攻はいずれも海面に触れんばかりの低空で敵艦隊に肉薄する。計画では陽動部隊が全軍の先鋒として、敵陣に殴りこみをかけることになる。したがって突入時刻は、陽動部隊が最初になる。そして天山艦攻隊は、逆探知されることなく射点に近づけるはずだった。

今回の攻撃で使用される翔竜は、陽動部隊のものをふくめて完全誘導方式だった。だから標的との位置関係さえ完全なら、高い命中率が期待できる。一二機の翔竜が同時に攻撃を開始すれば、被害を受けるのは三隻どころではすまないはずだ。

輪形陣の隙間をみつけて内部に飛びこめば、正規空母の半数は沈む。そう考えるだけの根拠はあったが、敵の妨害や闇による錯誤は避けられない。ことに輪形陣の強固さは、尋常ではなかった。この点については、注意が必要だろう。

闇の中の飛行がつづいた。

水平飛行をつづける夜間戦闘機群から離れて、上昇を開始する時刻になっていた。別行動をとる指揮官機とともに、高々度から全般的な戦況を俯瞰することになる。だが前日のうちに鶴丘中尉と永嶋二飛曹は、酸素供給なしで高度八〇〇〇メートルに達していた。

さすがに短期間で二度めの上昇は、危険すぎた。ただ今回は搭乗員が二人だから、酸素の供給量には余裕があった。節約を心がけて、少しずつ酸素を供給した。その直後に、呼び出し音が鳴った。慣れないものだから、いかにも唐突な印象を受けた。

それでもなんとか、電文を受信した。そしてて息をついた。攻撃隊にあてた電文ではなかった。第四航空戦隊の指揮官が、第一機動艦隊司令部にあてた緊急電らしい。鶴丘中尉は小さく驚きの声をあげた。

――伊勢が雷撃を受けて、小破した……というのか。

予想できない事態ではなかった。雷撃したのは、米軍の潜水艦だと思われる。艦上攻撃機による航空雷撃の可能性は、低いといわざるをえなかった。攻撃隊の出動中は艦隊周辺海域に、警戒艦艇あるいは早期警戒艦が配置されることになっている。

米空母搭載機による雷撃があれば、事前になんらかの情報が入電しているはずだ。さらに米軍による夜間の航空雷撃がおこなわれたのであれば、鶴丘中尉機の機載電探でも動きをとらえているはずだ。出撃直後の機影なら、問題なく捕捉できたと考えられる。

だから米潜水艦の仕業と考えて、間違いなさそうだ。ただし単なる偶然で、こんなところに姿をみせたとは思えない。米空母機動部隊とは離れすぎているから、輪形陣の外郭をなす哨戒艦艇だったわけでもなさそうだ。

そうなると、考えられる可能性はひとつしかない。昼間の戦闘で撃墜された米軍機があれば、パイロットを救出するために派遣されたのではないのか。それが伊豆半島の南方海上に、あらわれたということは……。

――明日の航空戦は、硫黄島と想定しているのか。

少なくとも明日以降は関東の東方海上で、パイロットの救出任務にあたる必要はないことになる。おそらく第一機動艦隊の触接をつづけるよう命じられているのだろう。一方で、隙があれば主力艦を雷撃するよう命じられているのだろう。

根拠としては、決して強くはない。それでも鶴丘中尉は、そのことを疑わなかった。だが、詳細を確かめている余裕はなかった。いくつかのことが、同時におきた。最初は閃光だった。先ほど別れた夜間戦闘機の編隊が、飛行しているあたりだった。

赤々と滾《たぎ》る炎の束が、幾筋も闇を切り裂いていく。その動きには、記憶があった。グラマンF6Fヘルキャットに似ているが、昼間戦闘機が闇夜に乱舞するはずもない。おそらくF6戦闘機の、夜戦型だろう。数は多くないが、再建されたようだ。

空戦は上空でも同時に起きていた。火箭が闇を薙いでいくのはおなじだが、展張される弾幕の質感と色彩には歴然とした違いがあった。こちらの方がはるかに重厚で、他を寄せつけない毒々しさに満ちていた。

眼下のグラマン改造夜間戦闘機の火箭は竜の吐きだす火炎程度だが、上空の敵機は火山の噴火を思わせる火砕流を迸《ほとばし》らせていた。それをみたことで、敵の正体がわかった。

二〇ミリ機銃四挺の胴体内集中装備――ノースロップP61ブラックウィドウ夜間戦闘機かと鶴丘中尉は思った。話に聞いていただけなのに、その邪悪さは闇の奥からでも伝わってくる。指揮官機は反撃しているが、二〇ミリ以上の大口径機銃は搭載していなかった。

自衛用の旋回機銃があるだけだから、よほど幸運が重ならなければ気休めにしかならないだろう。結果が気になるところだが、それどころではない。いくらか遅れて、天山艦攻隊の隊長から、無線電話が着信したのだ。

緊急時以外は使用を禁じられていることは、隊長も充分に承知しているはずだ。そう考えていたら、隊長は緊迫した声で訴えた。攻撃目標の位置が確認できないから、ただちに知らせるようにいっている。

鶴丘中尉は上空の戦闘状況を確かめた。戦闘に介入できる余地はなかった。かりに指揮官が危地を脱したところで、能力の回復までには時間がかかりそうだ。そう判断した鶴丘中尉は、最初に指揮権の継承を宣言した。独断になるが、構ってはいられない。

次に手がけるのは、海上捜索電探の起動だった。眼下の海洋を広域捜索して、ふたつの輪形陣を捜索した。日没の直後から触接をつづけていたから、輪形陣の外縁をなす大円は容易に把握できた。ところが空母の位置が、わからない。

そのはずで輪形陣の半径は、ときには二〇海里（約三九キロ）をこえるという。最外縁は哨戒線だから実質的にはもう少し小さいとはいえ、海上見張り電探だけで捜索するのは困難だった。単機で肉薄しつつある夜襲部隊からは、いまのところ何の連絡もなかった。

手がかりがつかめないまま、時間だけがすぎていった。そして突然、簡単な事実に気づいた。米空母機動部隊がむかっているのは、硫黄島の周辺海域であるはずだ。明日は硫黄島の空襲を、実施するものと思われる。

さらに戦艦や巡洋艦を分離して、艦砲射撃を加えるのではないか。おそらく艦隊の陣形も、それにあわせて整えているのだろう。そう考えれば、あとは簡単だった。針路を基準に、特徴的な艦艇の配置をみつけだせばいい。

作業の見通しがついたところで、上空の様子を確かめた。機影はすでに消えていた。敵夜戦と指揮官機は、いずれも残像ごと消え失せていた。永嶋二飛曹は、訥々といった。

「指揮官機は……やられたようです。機体が華奢なのを無視して強引な機動をするものだから、構造的に持ちませんでした。胴体がふたつに折れて、それで終わりです。隙があれば介入して、敵討ちをしてやりたかったのですが……」

「すまんが、天山隊に指示を出すのが先だ。話はあとで聞く」

永嶋二飛曹の話をさえぎって、鶴丘中尉がいった。作業はすでに終わっていた。あとは整理をして、伝えるだけだった。無線電話で天山隊を呼んで、各小隊長に告げた。

「天山隊第一小隊および第二小隊第一分隊は、南方側の輪形陣中央部に位置する正規空母を攻撃。方位は一三五度、最大の空母までは距離四万——」

「すいませんが、ブラックウィドウさまがお越しです。少し揺れますが、我慢してあげてください」

そういうなり、永嶋二飛曹は機体を反転させた。次の瞬間、天と地が入れかわった。先ほどまで中尉の頭部があった空間を、二〇ミリ機銃弾がすり抜けていった。指揮官機と違って、鶴丘中尉の彩雲改には三〇ミリ斜銃が搭載されていた。

ただし取りつけただけで、作動試験はやっていない。着陸した状態で発射すると、反動で機体がふたつに折れるといわれていた。出撃直後の試射も、やらない方がいいらしい。一度に発射するのは三発が限界だった。

まるで狙撃銃だが、それを越えると構造的に無理が生じるようだ。機体が折れなくても、外板がはがれることがあるという。

電信員席で逆さに吊りさげられたまま、鶴丘中尉は首をかしげていた。何か質量の大きな塊が、彩雲改の真上を通過していく――実際には床下を通過しているのだが、上下感覚もわからなくなっていた。それから逆さになっているのに、何故自分は落ちないのかと考えた。

それが不思議で理解できなかったのだが、謎はすぐにとけた。時間の流れ方が、普通とは違っていたようだ。次の瞬間、停止していた時間がふたたび流れだした。その直後に、天と地がくるりと入れかわった。

中断していた天山攻撃隊への指示を、中尉は再開していた。

「第二小隊第二分隊および第三小隊は――」

中尉の声が途切れた。頭上にのしかかるようにして、ブラックウィドウの巨体が追いこしていった。その瞬間を、永嶋二飛曹は待っていた。どん、と腹にひびく衝撃を残して、三〇ミリ斜銃が撃ちだされた。

外しようのない距離だった。発射されたと思ったら、もう着弾の衝撃がきた。ブラックウィドウは火の玉と化して、闇の中を落ちていった。

終章　次の一戦

攻撃隊の陣頭指揮をとっていた小園大佐は、夜明けの直前に帰投した。

秋津大佐との約束は、ぎりぎりで守られた。これでなんとか今日の正午には、上海に到着できそうだ——そう考えたのだが、着陸した彩雲改をみた秋津大佐は当惑した。これは米軍にとって、厄介な軍用機の象徴である艦上偵察機ではないか。

間近でみる彩雲改には、無数の弾痕が残っていた。後席の銃手は負傷したらしく、風防硝子に多量の血痕が付着していた。文字どおり満身創痍の帰還であり、搭載機器の多くが射抜かれて故障していた。

機長であると同時に攻撃隊の指揮官でもある小園大佐や、他の搭

乗員が戦死しなかったのは単なる僥倖でしかなかった。小園大佐機が敵夜間戦闘機の追撃から逃れられたのも、偶然の重なりが原因ではないか。

マリアナ諸島から長駆進出した敵夜間戦闘機は、残燃料に不安があったものと思われる。そのために追撃が、中途半端なものになった。次席指揮官の鶴丘中尉に対する攻撃も、拙速にならざるをえなかった。

駐機された彩雲改を前に、秋津大佐は珍しく口ごもっていた。

小園大佐の好意が感じられるだけに、断り方が難しかった。機器の故障や搭乗員の負傷が、問題なのではない。小園大佐が用意したのは、最速の艦上偵察機「彩雲改」だった。一秒でも早く到着できるように、小園大佐がみせた気づかいだと考えていい。

これを日本国内で利用する程度ならいいが、開かれた国際都市である上海に乗りつけるのはめだちすぎる。各国の諜報機関がしのぎを削る中立国内の「魔都」に、参謀本部の要員が高速偵察機で乗りつければ嫌でも話題になる。

最悪の場合は民国政府要人との会談が、発覚する可能性もあった。そんなことになれば両国の信頼関係は失われ、修復に長い時間がかかる。状況次第では政権内の知日派が力を失い、反日勢力が台頭する可能性もあった。

そのような当惑が、顔に出ていたようだ。秋津大佐は詳細について説明しなかったが、小園大佐は漠然とだが事情を感じとったらしい。表情をくもらせて、何ごとか思案している。だが考えこんだところで、名案が生まれるわけもなかった。

これ以上は時間の無駄だと考えて、方針をかえようとした。少しばかり乱暴な方法だが、打つ手はある。そう結論をだした直後に、腕組みをしていた小園大佐がいった。

「今回はまことに申し訳ないことをした……。みてのとおり戦闘中で、輸送機をふくめて使える機体はすべて出払っておる状態です……。時間があれば他の隊から、輸送機を融通してもらうところだが――」

「ご心配には、およびません。縁がなかったと考えて、他の方法を

検討することにします。これ以上の迷惑を、かけるのは本意ではありません。ご助力は、決して忘れません」

少なくとも慇懃無礼だけは、避けたかった。それから、ふと思いついてたずねた。陸上機に限定せず、水上機にまで範囲を拡げてもいいのだが。

むしろ三座の水上偵察機あたりの方が、使いやすいのではないか——そう秋津大佐は考えはじめていた。上海の中心部を流れる黄浦江には、日本の軍艦も係留されている。調べてみないとわからないが、航空兵装を搭載した軍艦があるかもしれない。

状況次第でその軍艦を出港させて、外洋で秋津大佐の水偵を収容させてもいい。民国政府要人も出国しているはずだが、客船を追跡して中立国義務違反の容疑で臨検すれば会談は成立する。乗客に交戦国の軍人がいれば、非は中立国の民国政府にあると強弁できる。

そう考えて、小園大佐に概要だけを話した。だが小園大佐は、浮かない顔で応じた。

「黄浦江に浮かんでいるのは、旧式の装甲艦や河川砲艦ばかりです

……。とてもではないが、外洋の荒波をこえることはできません。航空兵装も搭載されていないと思った方がいいです。

　それよりは……空母を一隻、借りてきた方が手っ取り早くないですか。マリアナで沈み損なった「龍鳳」が、長崎の沖合で訓練に入っているはずです。トンボ釣りの駆逐艦もついていますから、艀《はしけ》代わりにすれば黄浦江を遡ることもできます」

　最初のうちは、単なる思いつきだったはずだ。ところが概要を話すうちに、思いのほか名案だと気づいたらしい。小園大佐の口調が、次第に熱をおびてきた。それとともに、話が具体的になってきた。大佐は勢いこんでつづけた。

「ご多分にもれず飛行甲板の寸法が彩雲改には短いが、そこは腕でなんとかしてもらうしかなさそうだ。壊れた機器は交換しておきますので、気をつけていってきてください」

　秋津大佐は苦笑した。笑うしか、なかったのだ。それから秋津大佐は、今後の方針を打ちあわせるために電話のある部屋へ移動した。

予想された針路上に達しても、輪形陣は見当たらなかった。

――逃げられたか。

そうとしか、思えなかった。昨日の未明から四度めの出撃になるが、睡眠不足のせいで夢をみているわけではなさそうだ。海上捜索電探を作動させても、対空見張り電探にも反応はなかった。当然のことながら、日本近海に舞いもどった形跡もない。

すると今日未明の夜襲は、やはり成功したと考えてよさそうだ。小園大佐みずからが陣頭指揮をとるという異例の態勢でのぞんだものの、指揮官機が真っ先に敵夜戦の襲撃を受けるという展開をみせた。

しかも電信員が負傷して連絡が途切れ、鶴丘中尉が指揮官を代行するという変則的な状態になった。偵察員席をなくすと小園大佐の負担が増大するので、斜銃は搭載せず反撃も思うにまかせなかった。惨敗に終わっても不思議ではなかったのだが、夜襲自体は大きな戦果をあげたと判定された。

天山艦攻隊が発射した翔竜一二機のうち、九機が命中した形跡が

あったのだ。残りの三機も海上に墜落したのではなく、艦体ふかく没入して起爆したため上空から閃光が確認できなかった可能性があった。

米艦隊にあたえた被害は、それだけではない。天山艦攻隊から五分ほど遅れて、陽動部隊が二万メートルの距離から翔竜を放った。こちらの方は命中の閃光を確認できなかったが、かなり時間がすぎてから爆発の火柱が目撃された。

だが現在の状況からでは、正確な戦果を知る方法はなかった。天山艦攻隊のうち半数以上の七機が未帰還で、銀河と飛龍の混成部隊は一機ももどらなかったのだ。

「防空戦闘の大勢を、概観するための表示板ですか」と、技術者らしい人物がたずねた。部屋の中央に持ちこまれた硝子板には、白い塗料で同心円上の座標らしきものが描かれている。技術者はつづけた。

「東部軍防空司令部主室の、戦勢表示板に似ていますが……こちら

の方が数段よくできているようです。我が方のものに比べて、一〇年は進んでいるといえます。こんな代物を、いったい何処で――」

入手したのかと問いかけて、技術者は口をつぐんだ。するどい眼で、相手が見返したからだ。それは機密ということらしい。

技術者はそれ以上の質問を避けた。説明されなくても、大雑把な見当はついていた。おそらくマリアナ諸島のどこか――たぶんサイパンあたりで、鹵獲されたのだろう。本来は母艦搭載機を統合指揮するための機材だったが、陸上用に改造されてサイパンに持ちこまれた。

それが日本軍の手に渡り、硫黄島から八丈島を経由して厚木の海軍航空隊基地に持ちこまれた。「次の一戦」に役立てるためだ。技術者が呼ばれたのも、その研究が目的ではないか。表示板は厚木からさらに輸送されて、現在地に落ちついたと思われる。

技術者を呼びつけた理由は、単純なものだった。開口一番、責任者はいった。「これと同等のものを作れ」と。冗談ではないと、技術者は思った。やるからには、これを大きく超える製品を作ってみ

せる。

そう技術者は、内心で考えていた。さもなければ「次の一戦」どころか、現在進行中の戦闘さえ勝利はおぼつかない。

あとがき

一年と九カ月ぶりの新刊である。

通算では四〇巻めとなる。そして『覇者の戦塵一九四五』なのである。第一巻の『北満州油田占領』が一九三一だったから、物語の中では一五年めに入ったことになる。実際に書きはじめてからだと二七年めになるから、倍の三〇年めに完結するというめでたいことになる可能性もある。実際には三年もかけるつもりはないのだが、念のためということで。とはいえ、物語に終わりがみえないのは困る。広げすぎて畳み方を忘れてしまった風呂敷に絡めとられる前に、あるいは極限まで左右に広げた衝立が倒れるよりも先に対策を考える必要がある。

ここで忘れてはならないのは歴史上の転換点《ターニング・ポイント》と、物語の終息点は必ずしも一致しないという点にある。賢明な読者諸兄は、この点に気づいておられただろうか。仮に意識していなかったとしても、別に問題はない。作者も失念したまま、既刊の四〇冊を書きつづけた。とはいうものの、そろそろ本腰を入れて「戦塵世界」の太平洋戦争を終決させなければならない。

そう考えたものの登場人物が退場を拒否するという状況は、前巻の「あとがき」に書いた通りだ。そのため今回は、風呂敷を力まかせに引きのばした。力の入れ方は承知しているから、勢いあまって引き裂かれる寸前まで大風呂敷を広げた。結果はみての通りで「次元が裏返った」とみえて、広げた風呂敷が衝立状に直立するという妙なことになった。トポロジー的にいえば風呂敷と衝立は同一形状なのだが、ここは登場人物の表現を借りて「楽しみにしていた学校行事が、雨のために順延となった」と解釈いただきたい。

という状況なので『覇者の戦塵』は、あと二巻で一応の完結と考えています。乞うご期待。ただし前述の通り歴史上の転回点は、必ずしも物語の終息と一致しない。したがって現実の世界では「戦後」の出来事とされる局地紛争や内戦——ソ連軍の侵攻や国共内戦、さらには朝鮮戦争なども、この物語の延長線上にシミュレートしなければならない。いまのところ、書く気はありませんので念のため。

二〇一七年八月　小松市で

谷　甲州

ご感想・ご意見は
下記中央公論新社住所、または
e-mail：cnovels@chuko.co.jpまで
お送りください。

C★NOVELS

覇者《はしゃ》の戦塵《せんじん》1945
戦略爆撃阻止《せんりゃくばくげきそし》

2017年10月25日　初版発行

著　者　谷《たに》　甲《こう》　州《しゅう》

発行者　大橋 善光

発行所　中央公論新社
〒100-8152　東京都千代田区大手町1-7-1
電話　販売 03-5299-1730　編集 03-5299-1930
URL http://www.chuko.co.jp/

DTP　ハンズ・ミケ

印　刷　三晃印刷（本文）
大熊整美堂（カバー・表紙）

製　本　小泉製本

Published by CHUOKORON-SHINSHA, INC.
Printed in Japan　ISBN978-4-12-501376-3 C0293

覇者の戦塵1944

サイパン邀撃戦　上

谷甲州

マリアナ諸島の防衛拠点であるサイパン島は、連日の砲撃に晒され、米海軍に包囲されつつあった。翔竜を搭載した重雷装艦「大井」で夜襲をかけ、反撃に出ようとする日本軍だが……⁉

ISBN978-4-12-501187-5 C0293　900円

カバーイラスト　佐藤道明

覇者の戦塵1944

サイパン邀撃戦　中

谷甲州

帝国軍第一艦隊は最新型禰式翔竜で米高速戦艦部隊を撃破した。一方、米太平洋前進基地メジュロ環礁を索敵中の翔竜搭載型伊五四潜が、鈍足の大船団を発見。単艦追尾にかかるが……⁉

ISBN978-4-12-501237-7 C0293　900円

カバーイラスト　佐藤道明

覇者の戦塵1944

サイパン邀撃戦　下

谷甲州

伊五四潜は対潜護衛空母を撃沈し、マリアナへの米補給路を遮断した。だが制空権は今なお米軍の手に。窮地を脱すべく日本軍は、翔竜によるテニアン米基地への空襲を決定する……！

ISBN978-4-12-501312-1 C0293　900円

カバーイラスト　佐藤道明

覇者の戦塵1944

本土防空戦

前哨

谷甲州

サイパン島での日本守備隊の頑強な抵抗により、米軍の攻撃目標は硫黄島へと移る。本土では空襲に備えた戦闘訓練中、敵偵察機が出現。夜間戦闘機・極光は追跡を開始するが……⁉

ISBN978-4-12-501350-3 C0293　900円

カバーイラスト　佐藤道明

表示価格には税を含みません

日中開戦 1
ダブル・ハイジャック

大石英司

領土問題、首相の靖国参拝などで、日中関係は国交正常化以来最悪といわれる中、元自衛官を中心にしたグループによる中国総領事館占拠、中国機のハイジャックが発生。日中が辿る未来とは⁉

ISBN978-4-12-501299-5 C0293　900円　カバーイラスト　安田忠幸

日中開戦 2
五島列島占領

大石英司

春暁航空８８８便、長崎中国総領事館を占拠した犯人グループは同時刻に自爆。中国高官の子供たちが多数犠牲となり、メディアはしきりに開戦を叫ぶ。そしてとうとう、中国軍が日本に上陸⁉

ISBN978-4-12-501308-4 C0293　900円　カバーイラスト　安田忠幸

日中開戦 3
長崎上陸

大石英司

激昂した中国軍は九州の自衛隊基地を爆撃。長崎福江島のレーダー・サイトが破壊され、第一戦は中国軍の完全勝利となる。だが「サイレント・コア」部隊が漸く九州に集結。反撃に転じて――。

ISBN978-4-12-501320-6 C0293　900円　カバーイラスト　安田忠幸

日中開戦 4
南九州蜂起戦

大石英司

中国軍の攻撃で関門橋が落とされた。孤立する九州は、長崎に次ぎ福岡も降伏宣言を出す事態に。佐世保へ戦力を集中する日本に対し、中国は第二戦線を構築すべく、熊本、鹿児島に兵を進め？

ISBN978-4-12-501330-5 C0293　900円　カバーイラスト　安田忠幸

日中開戦 5
肥後の反撃

大石英司

南九州に攻め込む中国軍に対し、郷土防衛のため立ち上がった鹿児島県民は、知事の奇策と元自衛隊員を中心とする〈義勇兵部隊〉の突撃で大きな戦果をあげた。しかし、すぐに万の兵力が現れ⁉

ISBN978-4-12-501334-3 C0293　900円　カバーイラスト　安田忠幸

日中開戦 6
核の脅し

大石英司

地元の《義勇兵》の活躍で、九州に上陸した中国兵は追いつめられ孤立する。しかし、ここで北京指導部の切ってきたカード「核兵器の使用」が、日本政府の判断を難しくして――！

ISBN978-4-12-501342-8 C0293　900円　カバーイラスト　安田忠幸

日中開戦 7
不沈砲台

大石英司

八代を巡る日中の攻防は、日本に軍配が上がる。一方、佐世保では米軍の“グリーン・ベイ”が突如出航した。この米軍の動きは、戦いにどう影響を与えるのか⁉

ISBN978-4-12-501348-0 C0293　900円　カバーイラスト　安田忠幸

日中開戦 8
佐世保要塞

大石英司

“解放軍の英傑”汪文思大尉の活躍で士気が最高潮になる中国軍に対し、自衛隊は“ガールズ・ワン”を擁する戦車部隊が敵を待ち受ける。佐世保での最終決戦の行方は――⁉

ISBN978-4-12-501352-7 C0293　900円　カバーイラスト　安田忠幸

表示価格には税を含みません

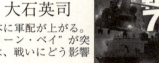

第三次世界大戦 1
太平洋発火

大石英司

アメリカで起こった中国特殊部隊“ドラゴン・スカル”の発砲事件、これが後に日本を、世界をも巻き込む大戦のはじまりとなっていった。「第三次世界大戦」シリーズ、堂々スタート！

ISBN978-4-12-501366-4 C0293　900円

カバーイラスト　安田忠幸

第三次世界大戦 2
連合艦隊出撃す

大石英司

小さな銃撃戦から米中関係は一気に緊迫化し、多大な犠牲者が出た。一方、南沙におけるやり取りでも日中に緊張が走る。米国から要請を受けた司馬光二佐は、事態の収束に動き出すが……？

ISBN978-4-12-501368-8 C0293　900円

カバーイラスト　安田忠幸

第三次世界大戦 3
パールハーバー奇襲

大石英司

日米の隙をつき中国が行った秘密作戦、それはパールハーバー奇襲だった。突如戦いの舞台となったハワイでは、中国軍に対抗すべく日系人や元軍人で結成されたレジスタンスが動き出す！

ISBN978-4-12-501370-1 C0293　900円

カバーイラスト　安田忠幸

第三次世界大戦 4
ゴー・フォー・ブローク！

大石英司

「アラ・ワイ運河の恋人」と名付けられた一本の動画が世界を反中国へと動かす。中国軍は動画に登場する二人の確保に乗り出すが、その傍には元〈サイレント・コア〉隊長・音無の姿が……。

ISBN978-4-12-501372-5 C0293　900円

カバーイラスト　安田忠幸

第三次世界大戦 5

大陸反攻

大石英司

中国軍の練度向上、ロシアの介入で多数の死者を出した米軍は、ハワイに新たな指揮官を投入した。「潰し屋」と悪名高いデレク・キング中将だ。苛烈な指揮官の下、日米軍の巻き返しは⁉

ISBN978-4-12-501377-0 C0293　900円

カバーイラスト　安田忠幸

第三次世界大戦 6

香港革命

大石英司

香港に、絶大な人気をもつ改革の女神・姚芳芳が帰ってきた！　民衆が沸き上がる中、もうひとつのニュースが世間を揺るがす。それは海南島への自衛隊上陸……。米中の暴走は加速する。

ISBN978-4-12-501379-4 C0293　900円

カバーイラスト　安田忠幸

旭日、遥かなり 1

横山信義

来るべき日米決戦を前に、真珠湾攻撃の図上演習を実施した日本海軍。だが、結果は日本の大敗に終わってしまう——。奇襲を諦めた日本が取った戦略とは⁉　著者渾身の新シリーズ！

ISBN978-4-12-501367-1 C0293　900円

カバーイラスト　高荷義之

旭日、遥かなり 2

横山信義

ウェーク島沖にて連合艦隊の空母「蒼龍」「飛龍」が、米巨大空母「サラトガ」と激突！　史上初の空母戦の行方は——。真珠湾攻撃が無かった世界を描く、待望のシリーズ第二巻。

ISBN978-4-12-501369-5 C0293　900円

カバーイラスト　高荷義之

表示価格には税を含みません

旭日、遥かなり 3

横山信義

中部太平洋をめぐる海戦に、決着の時が迫る。「ノース・カロライナ」をはじめ巨大戦艦が勢揃いする米国を相手に、「大和」不参加の連合艦隊はどう挑むのか！

ISBN978-4-12-501373-2 C0293　900円

カバーイラスト　高荷義之

旭日、遥かなり 4

横山信義

日本軍はマーシャル沖海戦に勝利し、南方作戦を完了した。さらに戦艦「大和」の慣熟訓練も終了。連合艦隊長官・山本五十六は、強大な戦力を背景に米国との早期講和を図るが……。

ISBN978-4-12-501375-6 C0293　900円

カバーイラスト　高荷義之

旭日、遥かなり 5

横山信義

連合艦隊は米国に奪われたギルバート諸島の奪回作戦を始動。メジュロ環礁沖に進撃する「大和」「武蔵」の前に、米新鋭戦艦「サウス・ダコタ」「インディアナ」が立ちはだかる！

ISBN978-4-12-501380-0 C0293　900円

カバーイラスト　高荷義之

旭日、遥かなり 6

横山信義

米軍新型戦闘機Ｆ６Ｆ“ヘルキャット”がマーシャル諸島を蹂躙。空中における零戦優位の時代が終わる中、日本軍が取った奇策とは？

ISBN978-4-12-501381-7 C0293　900円

カバーイラスト　高荷義之